长篇报告文学

村人村事

CUNRENCUNSHI

王进明 著

山西出版传媒集团 三晋出版社

击壤而歌

祝贺《村人村事》付梓出版

赵永平

主人公宋初生(右)和县文联主席赵永平(中)、本书作者王进明(左)合影

　　长篇报告文学《村人村事》的主人公宋初生和作者王进明以他俩的真诚打动了我,甚至征服了我的思想。我怀着对他们执着精神的敬仰,对他们农民情结的敬重开始写出下面的文字。

　　农民的体面,就是殷实和自由;农村干部的体面,就是群众明的暗的不骂你;农村干部的体面,高一个层次就是群众背着你还说好。惊天动地的壮举,可以赢得村干部体面,润物无声的行动，也一样敲开村干部体面的大门。读懂一位农民，不是一件容易的事情，读懂一位有文化的农民干部，更不是一件容易的事情。农民艺术地生产、生活，农村干部运用着教科书不曾有的智慧与方法，改变着乡村的一切。很多人读不懂，击壤而歌是天下最美的音符。

王进明笔下的宋初生是一个另类的农民，可谓是一个脱离了低级趣味用心做事的农村干部。这种用心是一种稀缺的资源，我有十几年的乡镇领导工作经历，对农民一直有我的深度思考，但没有宋初生的思维、实践更接地气。当代农民的意义发生了深刻的变化，农民的骨子里是有一种精神的，而消瘦的脸，手上的青筋作为精神的载体或符号没有变。不论条件怎样恶劣，工作多么辛苦，他们都会坚持，坚守，因为他们深深地懂得，只有劳动和知识才会使传统农民变成现代农民，才会走出乡村，改变自己，才会远离贫苦，劳动创造每一个家庭的美好未来，和谐与创新创造每一个乡村的美好未来。

村干部首先表现的属性是农民，宋初生做了很多平平淡淡的好事、实事，看起来并非是大手大笔，然而，小事做得多了就不小了，这是量变到质变的过程。一滴水可见太阳的光辉，村干部与百姓的距离有多远，也许就是用你一次小车去医院，也许就是一次公道平等的选择，也许就是他骂你了你没有还口，也许就是为村里消除了一个安全隐患，也许就是把白面发到村里最贫困的人手中……

我必须赞美真诚朴实、勤劳智慧的农民。

城乡一体化决定当代农民的幸福是必然的，尽管与成功背对背拥抱，但不是执掌在手中的影子。每位农民在广袤的田壤恣意奔跑，无论朝哪个方向，也终会到达另一片天空。即使你的天空暂时没有太阳，只要默默地走下去，太阳总会出来抚着你的头伴你体面地走到时间的另一头。

我对钟灵毓秀、人杰地灵的冀郭村有一种发自内心的期待，记住国保单位慈相寺耸入云端的古塔雄秀，可以记住宋初生的百姓情怀的执着：记住宋初生的无怨无悔作为，可以提示我们慈相寺文化传承的意义。

（作者系山西省作协会员、晋中市作家协会副主席、平遥县委首批联系专家、县文联主席）

求变的农民

李道中

生活,是最朴实的一个词儿,我们每个人终其一生都在经历着,记录着,延续着······

《村人村事》这部长篇报告文学,选取中国北方农村这块广阔的天地作为创作背景,以一个小村子数年间的变化展开叙事,通过朴素的语言描摹了农村各具形态的人和事,反映了新一代农民求新求变的真实现状。朴实中见真谛,字里行间散发着泥土的芳香。

报告文学中农民的生活是中国当代农民生活、生存的缩影,他们生存的环境也是当今中国农村社会的真实写照。千百年来,中国农民面朝黄土背朝天,庄稼汉的命运始终无法改写。然而,这块土地也孕育了一代又一代能人志士,他们不断在探索着改变传统农耕结构,他们不断在贫瘠的土地上播种着希望,他们更以壮士断腕的勇气开拓进取,追求崭新的生活。于是,这片土地上涌现出了无数的农业示范户、致富带头人,在他们的影响、引领下,更多的农民开始改变自己的思维方式,思想观念,追寻属于自己的新生活,新梦想。这群人身上折射出来的是中国农民特有的勤劳、朴实、执着与奋进。

(作者系平遥广播电视台台长)

目录
CONTENT

主要人物

宋初生——养猪专业户、现任冀郭村村委主任

郭二娃——宋初生的同学

许宝财——宋初生的同学

于海萍——宋初生的同学

贾　莲——宋初生的同学

雷仙龄——宋初生的爷爷

张玉英——宋初生的奶奶

宋士亮——宋初生的后爷爷

雷增官——雷仙龄的长子

雷增鑫——雷仙龄的次子——改名宋显勋

李秀珍——宋显勋之妻

雷桂花——宋初生之妻

宋初红——老七

宋翠花——老八

宋初兴——老九

姜林松——江苏老板（合资厂大老板）

章科亮——扬平县（合资厂二老板）

张新民——许宝财舅舅

引 言

国家一级保护文物山西平遥冀郭塔

七八月份是个多雨的季节。

当噼里啪啦的雨点打在冀郭塔上变成一条条细长的银白水柱下泻到地上跳起水花时，穿着雨靴雨衣的村委主任宋初生和几名村委正向几户有危房迹象的村民家走去。

平遥是个十年九旱的地方。通常年景，这个时候的降雨天一般不会太多。处在平遥东南塬丘陵区域的村民只能人定胜天，依靠抽地下井水来滋润田里的果树和玉米高粱等大秋作物。

冀郭就是东南塬上的一个村子，隶属平遥四大镇之一的洪善镇辖区。整个村子地貌东高西低,南街、中街、后街和新街四条街道把近千口人的二百七十多户人家以及慈相寺错落有序地定格成一个佛教凡民和睦融合的典型村落。

由于冀郭村历史悠久,村里的一些古宅院、土甲(平遥方言,二十世纪六十年代以前一种把湿土放进长方形木框内,待夯实晾干后,当砖坯用。)窑洞和老房子还在顽强地屹立着,和冀郭塔比年龄,和现代建筑比好看。从一个村子的发展来看,这些古宅院、土甲窑洞和老房子的存在就是一部村史;从村民们的安居乐业来看,这些宅院、窑洞和房子的存在就是一种担心。

当2013年老天爷大发慈悲,把雨水三天两头一股劲儿往这块地方播撒的时候,宋初生的心弦也绷紧了。他在查看了几家危房的防灾情况后,心里萌生了一种让在这几户村民搬出危房的想法。这种想法随着他的经历和让乡亲们早日奔向小康的愿望在雨中飘荡起来。

洪善镇党委书记郑仰兴(左)和冀郭村老龄委主任张龙元(右)谈工作

劝说老弱病残撤离危房

高考后的等待

一九八九年的立秋刚过，不少高校招生的录取通知书就寄到了一些考生的手中。

在冀郭村外的一棵大树下，左手拿着书本扇风的宋初生和同学郭二娃正焦急地等着邮差。郭二娃和宋初生虽然同岁，但他的个子要比宋初生高出半头。他们俩一起长大，一起从小学上到高中，每天几乎是形影不离。

宋初生的家在冀郭村来说，可谓是一个大家，兄弟姊妹九个加上奶奶和父母共有十二口人。人口的众多虽然给他父亲宋显勋的肩上压上了沉重的负担，但在生活中从不服输的宋显勋一边从事会计工作，一边抽空和妻子勤劳农事，在艰苦中硬是把孩子们一个个都拉扯成人。

在这里提起宋初生的父亲宋显勋来，多少还有一点小小的家族传奇。

宋显勋的原姓其实不是宋，他的名儿也不是显勋二字。在这儿可能读者会有点儿奇怪：宋显勋既不姓宋也不叫显勋,那他的原名原姓应该叫啥呢？他为什么不姓自己的原姓呢？说起这来就和日本人侵略中国、攻打平遥扯上了关系。

抗日战争前四五年,岳壁乡西源祠村出了一个名医叫雷仙龄,字称益寿。相传雷仙龄是医学世家,十七八岁时就开始坐堂了。他行医常常是悬壶济世、手到病除。在西源祠周边邻村非常有名,有不少的村民称他为雷善人。

雷仙龄有了名气后,他觉得行医应该博取众家之长,用高超的医术给更多的人治病。于是,他就带着妻子张玉英和两个儿子雷增官、雷增鑫在平遥城南大街开了一个诊所。当时,日本产的一些洋药已流入城里,有一些诊所药铺的柜上就摆放着日本药品。一些同行劝雷仙龄也学他们经营洋药,但耿直颇有气节的雷仙龄每次都会拒绝说:"我是中国人！我只卖中国药和我自己研制的白仁丹。我这儿谢绝洋药！"雷仙龄不仅说到做到,而且还利用出诊给人看病的机会,到处宣讲使用中药的好处。为此,同行们和一些患者给他起了个外号叫"中国人"。

有了"中国人"这个外号后,雷仙龄的名气更响了。城里有不少人敬佩他的骨气,到他诊所看病买药的人越来越多。雷仙龄就在这看病抓药的忙碌中和家人一起欢快地度过了一九三八年的春节。

平遥自古就有正月十五闹元宵的习俗。每年的这一天,人们都会在城里的南大街、北大街、东大街、西大街和城隍庙街等主街道上看到踩高跷、跑旱船和背棍、竹马等精彩的社火表演。就在 2 月 13 日这天,也就是农历正月十四拂晓,侵华日军二十师团在中将川岸文三郎督战指挥下,从祁县出动坦克、大炮和大批骑兵、步兵,分两路向平遥城扑来。日军一路经沿村堡、庞庄、尹回、道虎壁包围平遥县城;一路从侯村、游驾一线逼近城池。

当时,驻守平遥县城的是国民党第十七军五〇一团的骑兵营(高桂滋师的部队),营长是双枪手史殿杰(外号史老幺),还有共产党领导下刚刚组建起来的人民武装自卫队。他们获悉日军要入侵平遥的消息后,为了保卫平遥人民的生命财产不受侵犯,双方团结合作,奋起抵抗。史殿杰营长率部在大沿村一带抗击日军。但终因敌众我寡,退进城里封门固守。

中午,日军用重炮猛轰东南隅城墙,炸开约 30 米左右的缺口,城防部队和赵子游带领的人民武装自卫队 500 余人,用步枪、冲锋枪、手榴弹同日军浴血奋战,连续打退日军数次进攻,毙伤日军 100 余人后,由于敌我力量悬殊,城防部队和人民武装自卫队死伤惨重,在弹药不济的情况下被迫放弃城池。

这时,在家里的雷仙龄听见枪声稀落下来,以为是我军胜利、日本鬼子被打跑,他便想出去救治伤员。有点担心的张玉英说兵荒马乱的,你等会吧!可是救人心切的雷仙龄不听,他径自开门跑到了大街上。街上冷冷清清的有点怕人,感到有点奇怪的他走了没多远，就碰上几个正在搜查的日本兵。一个日本兵看到他后，用刺刀恶狠狠地在他的肚子上捅了一下。无缘无故挨了一刀的雷仙龄没有立马倒下，他捂着露出肠子冒血的伤口跌跌撞撞地回到家里，让妻子赶紧拿上棉花和药给他止血。这时，随后追来的日本兵见被他们捅了一刀的人是个医生，便扬长而去。

日本兵走后不久，失血过多感到已挺不过去的雷仙龄嘴里嘟囔着对妻子说了句"我不卖日本药是对的"后，便抛下妻子和两个年幼的孩子含恨离开了人世，成为日本法西斯在平遥古城制造的"二·一三惨案"的遇难者之一。

这时候，雷仙龄的大儿子雷增官十一岁，次子雷增鑫才九岁。张玉英觉得自己男人没了，无依无靠，一个人很难养活两个孩子，便含着泪珠摸了摸雷增官的额头说："孩儿，你爸没啦！咱家的情况俺孩也看见啦！妈也舍不得俺孩！可是妈没办法养活俺孩！俺孩去兰州寻你二姨吧！去了叫你二姨给俺孩寻个做的！要不咱们在一起都活不了！"

母子三个在一起痛哭了一阵后，懂事的雷增官便带着母亲给的路费跟一个熟人去了兰州。张玉英依依不舍地送走大儿子后，带着小儿子回娘家住了几天。后来，经媒人介绍，她带着小儿子雷增鑫嫁给了冀郭村的宋士亮。从此，雷增鑫改名换姓叫宋显勋，成了宋士亮家的顶门立户人。

干热的风掠过树梢，挂满绿叶的树枝在秋蝉的欢唱中摆动起来。

心里有点烦躁的宋初生朝树上看了看说:"走哇! 看来咱们今日是没戏。"

"今日没戏还怕哩?"蹲在地上用一根树枝画"十八子围老虎"棋盘的郭二娃笑了声说:"怕的是一辈子没戏!"

郭二娃画的"十八子围老虎"统称"围老虎",是由中国流传于世界各地的一种两人棋类,具有许多地方变体,如尼泊尔虎棋、马来虎棋、马来奔虎棋、美洲狮棋等。棋盘一般为 8×8 的方格,上方再加一个 2×2 的方格(称为虎巢)组成。玩时分为人方和虎方两方,人方有十八枚称为人的棋子,虎方有一枚称为老虎的棋子。在二十世纪九十年代前,平遥农村的大人小孩大部分都会玩这种棋。(估计现在快失传了。)

"我就是说这哩!"宋初生走了两步蹲在郭二娃的对面说:"你说咱们要是考不上的话能做个甚哩?"

"你还能考不上?"画好棋盘的郭二娃掰着手里树枝说:"说你考不上了我估计谁都不信,要说我考不上了还差不多。"

"快不用说我啦!"宋初生苦笑了声说:"我和你还不一样?我又不长的三头六臂!"

"不一样!你是全学区数学竞赛的第一名。"郭二娃从掰好的一小堆树枝中挑拣了十八根长短差不多的摆放在棋盘内说:"我估摸了应该没问题。"

"唉——甚没问题哩?"蹲着有点脚麻的宋初生站起来来

回走了几步说："我要是没啦住院前你说这话的话，我不仅相信，而且还敢自信。可是现在情况不同了，我害怕听到咱们的分数。"

穷人的孩子早当家。

宋初生说的住院是在初三毕业后，已满十六岁的他为了减轻家里的负担，挣一点上高中的学费，便利用暑假消闲（平遥方言，意为没事干）的时间去了介休二级路工地。

炎炎的烈日下，宋初生和成年民工一样夯地基、搬石块、推着独轮车运土方。这样干了半个月后，宋初生在苦累中感觉到自己的肚子老疼，而且有时还疼得他冒汗。他硬挺着又干了几天后，实在支持不下来的他住进了郝家堡的医院。医生检查了一阵告诉他是阑尾炎，本来可以马上做手术，但由于延误治疗引发炎症，要等炎症消了才能做手术。

医院一个星期的输液吃药，家里一个多月的休养治疗，不仅延误了宋初生上高中的报到日期，而且还落下不少课程。等他揣着美好的梦想迈进学校的大门时，同学们已着手准备二十天后的期中考试复习了。

宋初生一看就有点傻眼了。怎么办呢？他的脑海中蹦出一个字，那就是"赶"。

在这个世界上，"赶"是一种动力！"赶"也是一种超越自我的勇气！只有马不停蹄奋力追赶的人才有希望到达终点，才有希望成为强者！但"赶"也是一种付出，一种牺牲！

有一位哲人说过：人最初的梦想都是从"赶"字开始的。"赶"别人！"赶"自己！只有这样，超凡才会由"赶"而出。

三更灯火五更鸡，正是男儿读书时。

在襄垣中学的教室、操场、宿舍、树下，到处都留下宋初生勤学用功和向老师同学虚心求教的影子。

那时候，看似痊愈的宋初生觉得：人生最痛苦的不是自己不能赶超别人，而是在赶超过程中由于贫困给自己自尊心带来的一种侵扰伤害。也许在这个地球上来说，贫困不是影响进步的理由。但对一些人来说，贫困的确是制约发展壮大的瓶颈。此刻，已向青年门槛迈近的宋初生的胸腔里跳动着一颗羞涩而又敏感的心。他渴望过能有足够的菜金排在打饭同学的最前面买一份香喷喷的红烧肉菜，也渴望过能有一身时髦的衣裳体面地站在女同学面前显摆显摆。这一切对他来说，已不是解解嘴馋、让女同学养眼的那个简单概念；而是一种尊严，一种人活着就要或者就应该追求完美的尊严。

尊严有时候是需要一种底气。这种底气除了内在的骨气外，外在的就是口袋里的钞票和自己所在的位置。但这一切宋初生除了前一种外，后者他是遥不可及。

当然说归说，想归想。只要宋初生一摸自己口袋里不足五元的零用钱，他的这些想法立马就会荡然无存，成为泡影。因为他知道：贫困来源于自己家庭的人口众多。对富裕的家庭来说，人多就意味着家大业大。对自己来说，父母两个省吃俭用能养活这么多的孩子,供每个孩子都上出高中来就不错了,自己除了克服困难好好求学外,怎敢再奢求别的呢?

宋初生克服困难的办法很特别。当时,一个"饿"字给他留下了极深的印象。这也许在旁人看来是他饭量大又处在发育成长期消化快的缘故。但在能理解父母恨不能把钱掰成两半花的他的感觉中,家里经济紧张,自己伙食费没有宽裕是主要因素。

俗话讲:人是铁,饭是钢,一顿不吃饿得慌。老感到伙食不能满足自己肚子的宋初生随着在学校食堂吃饭顿数的增多,他渐渐地瞅出了一种减少饥饿的门道。这种门道说起来很简单,就是在每次吃饭时多找打饭师傅要汤喝,因为食堂的米汤面汤是免费的,所以他就早晚餐要米汤,中午餐要面汤,用多要的米汤、面汤来填饱自己的肚子,延迟饥饿的降临时间。他这样时间长了,食堂的师傅不高兴了就说他:你这个孩子咋回事儿?别人喝一碗就够啦!你怎么老得两三碗?机灵的他一看事情要糟,就想出一个讨师傅们喜欢的办法,每顿饭后,他总要抽点时间帮师傅们刷锅洗碗。师傅们一看这孩子勤快,也就听之任之了。当然,帮厨也有帮厨的好处。如米汤里的稠米和有时面汤里捞剩的面,都成了他的战利品。他也在这种紧张的校园生活中,逐渐补上了所耽误的功课。

"哎哎哎!你又愣噔甚哩?"有点不耐烦的郭二娃打断了他的思绪,"你快不用害怕!大不了咱们当个修理地球的工程师。”

“问题是修理地球也得有文化哩！”多少有点感慨的宋初生把棋盘上一根树枝挪动了一下说：“鸟欲高飞先振翅，人求上进先读书。现在是知识爆炸时代，咱一个农民，没文化就没出路。”

“没啦也不怕！世上的路多哩！条条大路通北京，人不一定就是上大学才有出路！”郭二娃动了下代表老虎的小石子问：“前头又想甚来哩？是不是你的阑尾炎？”

“嗯——也不是！”宋初生摇摇头。

“快不是甚哩？”郭二娃打量了一下宋初生的神色说，“不过说起来也怪！一个简简单单的阑尾炎，别余人开一刀割了就好啦！你倒好！还能每年一次，上了三年高中一年也没啦误过。”

“我也瞧奇哩！”宋初生苦笑了声说：“在郝家堡住了两次医院，两次都没啦做成手术。”

宋初生第二次在郝家堡医院没有做成手术的原因和第一次的大同小异。当时，医生诊断了一番说这次可以手术，不过要他先躺在病床上输两天液再做。可是等输了两天液后，医生又说感染了不能做。无奈的宋初生只好按照医生的嘱咐，回家吃了几天消炎药了事。

“唉！这医生也是！说不来就做不了这手术糊弄人哩！”郭二娃用手抓了一下飞近自己的一只蜻蜓说：“毕竟是小医院，病号儿少。像你这病是说大不大、说小不小，医生拖你两天也无所谓，只要用药品消了炎症就不要紧啦！”

"这不可能！他医生还能干这事？"

"甚不可能哩？现在的人是一切向钱看。你没啦听说过？在一些城市医院做手术还得给医生塞红包哩！"

"塞红包？甚意思哩？"

"傻瓜！塞红包就是送礼的意思！"

"甚哩？看病做手术还得送礼哩？"

"要不了你以为哩？"

"唵——想不到一个住院还有这奥秘哩！"还有点不明白的宋初生问："咱要是不给他哩？"

"这我也不大清楚。听人说了是多拖你两天，要不了就是给你乱开些贵药，反正叫你好受不了。"

"照你这说的话，我住院的时候挨了两刀也和这有关系？"

"这我就不好说啦！"郭二娃狡黠地笑了声吟道："近水识鱼性，近山识鸟音。欲知山中事，须问打柴人。这事情你是当事人，你感觉是甚就是甚。"

郭二娃的一席话把宋初生带入往事的茫然中。

高三对一个高中生来说是百米赛跑的冲刺阶段，也是一个人前途命运的抉择阶段。就在这"人生洗礼"的关键时刻，宋初生的阑尾炎又发作了。知道儿子没有除掉病根的宋显勋接受前两次在小医院住院的教训，带儿子住进了医疗设施比较齐全的县城医院。这次比较痛快，医生在仔细检查和了解病史的基础上，当天就把宋初生推进了手术室。说来也巧，就在医生用手术刀划开肚皮把手术做了有一半的时候,手术室突然停电变成了漆黑一片。

人命关天。担心出事又以为是城区停电或电路故障的主刀大夫一边派人启动应急照明器具,一边打发一名护士出去查看究竟。得令的护士去了院办公室,院办公室的人说没有接到供电部门的通知,一般不可能突然停电。心里着急的这名护士赶忙去找院里的电工,东找西找好不容易找到爬在梯子上修理线路的电工才知道突然停电的原因。原来是这名电工要给一个诊室接线,他怕带电作业危险就私自拉了总电闸。他这儿拉一下总电闸不要紧也不用害怕,但躺在手术台上的宋初生和正进行手术的医生却感到要紧了、害怕了。

好在停电时间不长,算起来也就是半个多小时。但就是这半个多小时的耽误,使宋初生挨一刀就能成功的手术变成了挨两刀才能痊愈的结局。

就在宋初生做完手术在病床上刚躺了两天,他肚里的阑尾伤口出现了感染症状。几个医生分析了他的病情后,给他进行了第二次手术。经过这次手术,他的阑尾炎病症才彻底消失。但连续两次的手术却使他元气大伤,在家里休养了好几个月后才去了学校。

"你这是贵人磨难多。"知道了宋初生看病经历的郭二娃笑嘻嘻地说:"就这情况你还没啦落下学习,这次你一定能考上了!"

"我看了危险！毕竟耽误的太多啦！"宋初生晃了下头说："黑老鸦等死孩儿，我看咱们这老等的也不是个办法。"

"我记得老师说考完了叫在眷舍等的。你说咱们这不等还能咋地哩？"

"咱们去学校问问！学校肯定知道分儿。"

商量好的两人在第二天就骑着自行车去了学校，恰好学校写出的高考红榜就在校门口旁的一面墙上贴着，跟前围着有十几名仰头的同学。宋初生和郭二娃挤到同学的前面看了一会儿后都没有找到自己的名字，便一起去了教务处。

教务处的考生分数花名册是一份蜡纸版名单的打印品，上面的字体较小，两人找了半天才看到自己的名字和分数：宋初生 425 分，郭二娃 424 分。他们所考的分数和录取分数线450 分相比，都差的有二十几分。

失望！失望！失望！但不是绝望！

两个青年虽然感到命运之神给他们泼了一盆无情的冷水，使他们在名落孙山的消沉中多少有点迷惘，但他们追逐美好梦想的信心没有倒！他们俩在学校和一些同学交换了些信息，相互间又聊了两个多小时后，才骑着自行车无精打采地沿着二七三公路向村里慢慢赶去。

道路两旁的田里，随处可见大片的高粱玉米在随风涌动着。两人骑到村口他们等邮差的那棵树旁停下车子嘀咕起来。

"初生,我琢磨了一路路,咱两个一起补学哇!"郭二娃用手擦了擦脸上的汗水说:"我觉见了咱两个的底子都不赖,特别是你,在每年住院影响学业的情况下,还比我考的高了1分儿。我估计补上一年了咱们都没问题。"

"你补哇!我了怕不行哩!"有点惆怅的宋初生叹了口气说:"俺房(家)的情况你知道,我这看病也花了不少,我要是补学的话恐怕眷舍承受不了。"

"这是你的前程问题,再承受不了也得支撅(平遥方言,支持、坚持之意)哩!"

郭二娃家的人口少,家里也比较宽裕。在他的心里,两人最好能一起上大学,一起走出这块祖祖辈辈厮守的土地,在改变命运的同时,也能为家人和村里人争口气。他不想同伴就此辍学,成为这块土地上新的一员。

"要不这哇!我和俺老子去你房走走,和你大人们道歇道歇!"郭二娃说着也叹了口气。

"不用啦!你们去了也没用!我不补啦!"被家庭困难缠身的宋初生犹豫了片刻说:"你走哇!我不补啦!真的不补啦!"

"不听老人言吃亏在眼前。初生你糊涂啦!在这儿我告给你,你肯定会后悔的!"郭二娃见宋初生不听劝,气得唉了声走了。

看的郭二娃进了村子,伤感的宋初生坐在树下的棋盘边,眼盯着棋盘呆呆地想着……

一年后,郭二娃如愿以偿考进了大同煤校。

奶奶的梦签

国家一级保护文物山西平遥慈相寺

　　傍晚，回到家的宋初生和父母在院里坐了一会儿，便踩着梯子上了窑顶。

　　晚风轻轻吹着，一轮红日在霞云的陪伴下慢慢向地平线走去。站在窑顶上的宋初生看到这霞光尽染大地的美景后，心情顿时豁然开朗起来。

　　西风烈，

　　长空雁叫霜晨月。

　　霜晨月，

　　马蹄声碎，

喇叭声咽。

雄关漫道真如铁，

而今迈步从头越。

从头越，

苍山如海，

残阳如血。

他轻轻吟完一代伟人毛泽东的《忆秦娥·娄山关》后，觉得自己今后的人生就是长征，一切需要从头做起。

这时，知道儿子心里难受又担心儿子出事的宋显勋也上了窑顶。六十出头的宋显勋知道儿子高考落榜的消息后，他心里的苦闷一点儿也不比宋初生少。自从实施家庭联产承包责任制以来，宋显勋手头上有了几十亩地，这些地的位置大部分在丘陵上面，属于靠天吃饭的老旱地。虽然他和老婆成天泡在这些田里种瓜点豆、间苗锄草，但费尽力气后的亩产量也只有三四百斤。一年下来，除了十几口人的口粮外，余下的勉强能够供六七个孩子的上学费用。当然，和没实行家庭联产承包责任制前相比，家里的光景是好了不少，除有了一辆飞鸽牌自行车外，还买了一台黑白电视机。但和村里人口少的已修盖好新窑的添置了摩托车的人家相比，差距还是遥远。

好时代好政策好机会。宋显勋在感慨中有时也会怨恨自己没有好本事。他想：假如自己是个泥匠木匠或者是个生意人的话,家里的日子可能会过得更好一些。但自己除了在村财务室拨拉算盘、在田里舞弄锄头铁锹外,那些能挣大钱的手艺一点儿也不会。这也许就是命运的安排,难道自己就该一辈子受穷?

宋显勋脑海中打的问号,和农村人讲迷信有很大关系。据他母亲张玉英讲:在他小的时候,家里请了个算命先生给他弟兄俩起名字。算命先生看了弟兄俩的八字后,推算了一阵说:"大小子命里有官,但官儿不大。名字里面应该给增官儿,我看老大的名字叫雷增官最好!至于二小子了是命里没官也没财,一辈子受穷。这名字里面应该多加金子,老二这名字起成雷增鑫最好!"

对于这个说法,宋显勋有过不相信也有过不服气。但随着自己年龄的增长儿女的增多和负担的加重,他慢慢地开始相信了服气了。不管相信也好服气也好,一辈子的风风雨雨坎坎坷坷,他这个老农民都在抚儿养女为家操劳的含辛茹苦中挺过来了。他希望自己的九个儿女都能走出农村,都能成为大学生,哪怕只有一个也好!就一个也能让他为儿女操劳了一辈子的心灵得到抚慰。但现在看来,他这希望之梦就像肥皂泡一样,恐怕都要破灭了。

立秋后的晚风多少带着一点凉意。怕儿子着凉的宋显勋把带上来的一件褂子顺手披在了儿子的身上。

"孩儿,爸想来,俺孩还是去补学哇!"不想让儿子没出息的宋显勋看着宋初生说："今后晌二娃他爸瞭我来，说俺孩的希望比二娃大。"

"大也我不想去啦！"宋初生看着皱纹刻在脸上的父亲有点心酸地说："我不想再拖累眷舍啦！省下两个供弟妹他们哇！"

"你说你哇！他们不用你考虑！"

"问题是我不考虑不行！咱房这情况……"

"咱房这情况咋啦？"一听儿子以家里的状况推诿，宋显勋瞪了宋初生一眼说，"从老大开始，我一个没啦少，都把你们供到高中。"

"爸！我不是这意思。"宋初生见父亲有点生气，赶忙解释说，"我是说……"

"俺孩不用说！"宋显勋摆了下手打断儿子的话语说，"俺孩的孝心爸知道。你就是不想叫俺们受苦受累。唉——说来说去还是爸爸没本事，耽误了俺孩啦！你说俺孩这年龄，不上学能做圪节甚哩？"

"爸你想得太多啦！咱是一个村儿的受苦人，能把俺们这八九个孩们供出学来，你够可以的啦！"见父亲有点伤感的宋初生故作轻松地说，"现在这社会好！不上学靠打工做买卖成了气候的人也多哩！"

"俺孩说的都是跌红跌黑的事情，管不了长远。"看着初出茅庐的儿子那自信的样子，宋显勋还是有点担心。

"爸你就不用为我操心啦！世上的路都是闯出来的，我肯定给你们丢不了脸。"

"俺孩你就折腾哇！将来你不后悔就行！"

家有孽子，不败其家；国有诤臣，不亡其国。见儿子决心已下，知道儿子脾性的宋显勋明白自己再劝说也没用，便望着儿子长长地吁了口气后顺着梯子下去了。

看着父亲去了院子，宋初生的愁绪涌了上来：自己干什么好呢？秋天对农民来说，是一个收获的季节；对高中毕业的学生来说，是一个放飞梦想的季节。可是，自己上大学的梦想已随着自己的倔犟破灭了。那么，自己该干什么呢？新的起点又在哪里呢？

少年不识愁滋味，爱上层楼，爱上层楼，为赋新词强说愁。

而今识得愁滋味，欲说还休，欲说还休，却道天凉好个秋。

从窑顶下来躺在炕上的宋初生胡乱想着，在苦闷、烦躁、不安的难眠中度过了一夜。

第二天一大早，刚有了点睡意的宋初生听见父亲在院子里"咔咔"地咳嗽了两声，知道父亲要到田里的他赶忙从炕上爬起来，在院子西边棚房内拿了一把镰刀和一个蛇皮袋子后，正要随父亲出院门，在他身后的提着一个大篮子的奶奶张玉英叫住了他。

"初生！俺孩先不要走哩！"

"你要做甚哩？奶奶！"不知道奶奶叫他干什么的宋初生转

过身来。

"想叫俺孩和我去去庙里面！"

经历过旧社会岁月、已八十多岁的张玉英比较迷信,她听说学习不错的孙子没有考上,心里着急的她便萌生了烧香的念头。

"大早晨的,奶奶你也不多歇歇？去那儿做甚的哩？"

"去了俺孩就知道啦！"

心里有点奇怪的宋初生见奶奶执意要去,便一手搀扶着她向村东的慈相寺慢慢走去。

慈相寺历史久远,但创建年代已无从查考。据寺内金明昌五年（公元1194年）《汾州府平遥县慈相寺澄公修造记》记载:"汾州府慈相寺者,乃古圣俱寺也。寺在县东太平乡之冀郭里。始有大师由西极而来,曰无名师。宴坐于麓台山四十载,唐肃宗召诣京师,待若悼友。"另据金泰和元年（公元1201年）《平遥县冀郭村慈相寺僧众塔记铭》记载:"慈相寺者,自有唐肃宗以来,其设寺额,本名圣俱寺,而是时主持教诲者即始祖无名大师也。至宋皇祐间改赐慈相之额……"

从冀郭整个村子的布局来看,属于全国重点保护文物之一的慈相寺坐北朝南,呈三进院结构。分别由山门、乐楼（只存高台基）、关帝庙及庙之两山墙并列的钟、鼓二楼、正殿、东西两侧窑洞、麓台塔（无名大师灵塔）组成。占地面积18365.5平方米。正殿为寺院主要建筑之一,面宽三间,进深六椽,前檐设廊,单檐悬山顶,建筑面积 498 平方米。前檐斗栱五铺作,单抄单下昂,重栱计心造,出真昂。前槽金柱采用移柱造,梁架为彻上露明造,前乳栿后劄牵用四柱。殿内现存彩塑 3 尊,虽经后人装饰,但尚存宋金风格。两山墙绘有壁画,为元代作品。

宋初生和奶奶进了寺院,在三世佛大殿前止住了脚步。张玉英弯腰放下篮子,朝肃穆的大殿望了一眼后在宋初生的照护下慢慢跪在地上,顺手从篮子里拿出一些贡品摆好,待宋初生从她手里接过三炷香插入香炉,老人便眯上眼睛双手合十祷告起来……

"奶奶,你这是因为甚哩?"半小时后,回到家里的已憋了一路的宋初生忍不住问。

"因为甚?"盘着腿,坐在炕上的张玉英笑嘻嘻地看了看宋初生说:"还不是因为俺孩!"

自从宋初生上面的五个哥姐都成家后,张玉英觉得自己对眼前的这个孙子有了一种特别的关爱之情。

"这没用!奶奶!"心里觉得好笑但没敢笑出来的宋初生说,"你这是迷信。"

"谁告你说没用哩?"张玉英睄了一眼宋初生说,"俺孩你不知道就不敢瞎说。咱们这庙里面的菩萨佛爷来头大哩!都是从天上下来的。"

"呵呵呵……奶奶你不用逗啦!不可能!"

"咋地还能不可能哩？相传咱们冀郭在很久以前,这里的百姓为了让神佛保佑全村人的平安,就自发捐款,在村子的东北处兴修了一座寺庙。庙修成啦,可是殿内还没有塑下一尊佛的金身。里面除了一个看守庙院的冀老汉外,连一个和尚也没有。"

"没塑像还能行？"

"有庙就有佛。咱冀郭村的善男信女们说的是心中有佛。自从修起庙后,咱冀郭的百姓们是经常去庙里烧香磕头,以表自己的虔诚。这样时间长了,三世佛,也就是东方净琉璃世界教主药师傅、西方极乐世界教主弥勒佛和现世娑婆世界教主释迦牟尼佛知道了冀郭村百姓的诚心,便都起了驾临冀郭村看看的念头。"

"呵呵呵……看来咱们这庙是风水宝地,有仙气哩！"

"俺孩这句话算是说对啦！一天傍晚,扫了一阵庙院的冀老汉感到有点儿困乏,便回到自己的屋里躺在炕上,不一会儿他就打着呼噜进入了睡梦。在梦中,他觉得自己正在庙院闲坐,忽见一道彩光罩在庙院的上空。在彩光中哩,只见青狮、白象、金毛吼背上各坐着一尊佛爷向寺院飘然而来。吓得冀老汉赶忙跑回自己的屋里,躲在窗户旁的一个小纸洞跟前向外偷看。待这几位佛爷降落在庙院后,冀老汉听得一位佛爷说：'这地方不错,以后这就是咱们传经诵佛的道场,咱们就都留在这儿吧！有机会的话再报答一下这儿的百姓。'另一位佛爷说:'这地方的人确实不赖!咱们还没有来就先给咱们修好庙啦!我看这地方的春夏少雨多旱,咱们就选这个时候给他们来几场雨吧!叫他们收成好些儿!'这位佛爷的话音刚落,只听得庙院里风声骤起,一阵噼里啪啦的声音把大汗淋漓的冀老汉从梦中惊醒。醒来的冀老汉点着麻油灯回味一遍梦里的情形后,感到有点奇怪害怕的他怔怔地坐在炕上再也不敢睡觉了。待天明后,冀老汉走到大殿一看,他立马惊呆了。只见大殿上端坐着三位佛爷,其貌装特征和他梦里见到的一模一样。"

"奶奶,看来咱们这庙太神奇啦!"

"可不是!神奇的还在后头哩!冀老汉见几尊佛爷从天而降,便走出庙门,便把自己的所见所闻告诉了村里的乡亲们。"

"乡亲们都信啦?"

"刚开始乡亲们也不信,可是等他们到庙里看了以后,一个个都眉开眼笑地相信了冀老汉的话。在第二年清明过后,咱们这儿连着下了几场透雨,地里长出的庄稼苗儿也齐齐地,和往年七零八落没苗出的情形大不相同。待到秋罢后,家家户户的粮缸粮囤里都是堆得满满的。"

"看来是这一年的年成好!"

"年成是不赖!可这都是佛爷的保佑的功劳,村里的乡亲们也都认可这件事儿。从此,周边邻村的人们对庙里的佛爷也都是顶礼膜拜,慈相寺香火越来越旺盛。先后增修了娘娘庙、天王殿、麓台殿、观音殿,僧众也逐渐增多起来。待到唐玄宗开元年间,一位无名祖师落脚慈相寺。在璎涧河发源地麓台山上置田买地,并开了一个圣泉。他白天坐在庙里的八角莲花台上诵经说法,晚上在八角莲花台上收集甘露给人医治眼疾。据说他还用圣泉水给唐肃宗李亨的母后治好了眼疾。从此以后,咱们慈相寺更是盛名天下,僧侣香客也越来越多。"

"奶奶,你说的这是老黄历,我小时候就听过!"宋初生朝张玉英笑了笑。

"我知道你听过。"张玉英笑着说:"咱们这庙灵奇事情多哩!我这儿还有俺孩你不知道的故事哩!"

"奶奶你快不用逗我啦!只要是咱们庙里面的故事,就没啦我不知道的!"

"这俺孩可不敢吹拍的早了!咱们庙里面梦签的传说你知道不知道?"

"梦签的传说?"宋初生一听有点惊讶了。

"咋地?俺孩没啦听说过哇?"

"奶奶!这我还真是第一次听说。"

"所以作为一个人来说,在这个世上甚的话也不敢说满了。不管甚时候,谦让些儿比较好!对自家也有好处!"

"行啦奶奶,我知道啦!谦虚使人进步,骄傲使人落后。你快给我说说甚是圪节梦签哩？"

"说起来其实很简单。咱们这梦签就是去庙里面求签烧香的时候不用抽签。"

"咋地去求签还能不抽签哩？"

"哎！神就神到这儿啦！你看咱们今日去烧香，你看见我抽签儿来没啦？"

"没啦！"宋初生摇摇头说："我看的你在里面烧了香磕了头，然后咱们就一言不发地就回来啦！那供桌上的桌签筒子咱们谁也没啦动。"

"你知道因为甚没啦动哩？"

"不知道！当时我也瞧奇哩！"

"因为我求的是梦签儿，跪在那儿默念上一遍心愿就成啦！在往回走的道上和谁也不能说话，因为一开口就不灵啦！"

"可是咱们不抽签的话，那签词咋来哩？"

"梦里面！一般情况下，只要诚心到了，等睡着以后，庙里面的菩萨托个梦就给你把签词送过来啦！"

"哈哈哈……"觉得不可思议的宋初生笑了一阵说："奶奶，你这说得也太神奇啦！"

"不神奇！不神奇！一格丝丝也不神奇！"张玉英一本正经地说，"孩儿，世界之大，无奇不有。有些事情你可能见过，可是不一定是真的；有些事情哩你没啦见过，可是不一定是假的。其实凡事都在一念之间，你信则真！不信则假！"

"可是你这说得也太玄乎啦！"

"咋地？俺孩还不相信？"

"嗯！我是眼见为实，耳听为虚！"

"俺孩这好说！最快今晌午，最迟明天早上咱们就有结果！到时候我看你信不信？"

奶奶的话虽然有些唯心，但宋初生觉得和奶奶聊天也是一种享受。

午饭过后，进屋想和奶奶拉两句家常的宋初生见躺在炕上的张玉英已进入了梦乡，他便拿了本书盘腿坐在炕头看了起来。

秋天的中午炎热已消。宋初生忽然感到他的上学梦也和这种炎热一样，正随着一个季节的变化在慢慢冷却降温。他放下书想：这大概就是一个人的命运吧！龙生龙凤生凤，自己或许就是一个天生的农民。这也是命运对自己的安排，但自己又不能抱怨命运。也许将来看到一些出人头地的同学后自己会后悔，但眼下却不能后悔，也不能为此而悲催。按照农村的习俗，几个哥姐的成家就意味着他们对这个大家庭责任的减少，三个弟妹的上学费用从此就不能也不应该指靠他们。再说哥姐他们已为这个大家庭付出了很多，如果现在还想再指望他们的话，自己的良心也说不过去。在农村来说，依序轮排是一个自然存在的不成文的游戏规则，按照这个规则,这个责任就应该自己承担。自己应该帮助父亲养活一家人，应该对三个弟妹的学业前途负起一种当兄长的责任来。尽管这种责任目前来说还很渺茫,但自己却不敢也不能有丝毫的懈怠。

人生也许就是这样，舍得是一对并存的患难兄弟。如果一个人想要得到渴求的东西,就必须要舍出自己的辛勤和汗水来换取。这对普通农家的孩子来说,所谓的一个"舍"字,也许就成了男孩与女孩之间、大的与小的之间、学习优劣之间的一种被放弃。

宋初生正想着，张玉英的嘴里突然冒出一阵梦话:"你说啥？金乌西坠兔东升,日夜循环至古今。少时奔波中有发,枯木萌芽又逢春。"

"奶奶念的这是谁的诗词呢？"在惊奇中觉得新鲜有趣的宋初生赶忙找了支油笔和一张纸记了下来。他想推醒奶奶好好问问,看奶奶梦见了什么。

就在他伸出右手正要推张玉英时,说了一声"知道啦"的张玉英忽然喜笑颜开地翻了下身子,然后一手托着炕坐了起来。"奶奶你梦见甚来哩？"

"梦见？唵——梦见咱们求下的签词啦！"

"甚的签词哩？你先给我念念。"

"嗯——好像是——金乌西坠——兔东升……"见一边想一边背的张玉英断断续续,有点心急的宋初生忙把自己手里的那张纸递给了她。

"奶奶你看是不是我写下的这？"

"嗯！差不多是哩！"张玉英接过那张纸眼扫了一遍问："俺孩咋地还能知道了哩？是不是你也梦见来？"

"我哪儿还能有那福气哩？这是你说梦话的时候我记下的。"

"俺孩能，能记下就行！这就是给俺孩求的。"

"甚哩？给我求的？"

"嗯！给俺孩求的。本来走之前想给你说来，可是又怕不灵了，我就没啦敢告你。"

"这还能别余人替代？"

"能！"

"这说的是甚意思哩？"宋初生拿起那张纸把签词默念了一遍，他想要参详里面的玄机。

"这你就问住我啦！我也不大清楚。"

"这不知道意思还能行？"

"能行！梦里面我听说这是支上上签，没福气的人求不住。"

"奶奶你快算了哇！连意思也不知道还福气哩？"

"你看你这圪节孩儿！快不敢瞎说！我听以前庙里面解签儿的那个师傅说过，这签儿特别准。大运气要好几年才能应上，小运气十来八天就有信儿。俺孩你不用着急，要是想清楚的话,咱们就寻个明白人解解。要是不想清楚的话,俺孩就在咱房悄悄等的哇!肯定错不了!"

听了奶奶神神叨叨的一番话,宋初生不吱声了。

宋初生是个不相信迷信的人。虽然命运把他挤到了困境的边缘,但他没有因此而沮丧。在他的骨子里,一种悲壮的激情时刻提醒着他:要在一条崎岖坎坷的拼搏路上书写自己的人生。

立秋十天遍地黄。

随着庄稼的逐渐成熟,田里的玉米高粱等一些作物的叶子上凸显出不少的斑斑枯黄。这些枯黄有的停留在绿叶的中间,有的停留在绿叶的边缘,走近望去,就像一些老年人脸上的老年斑一样,使人感到时光的匆匆和生命的极限。

宋初生就着这种田园风光在喜忧参半的感慨中和父亲一起忙着田里的农活。他这样的日子过了有十来天后,一个不速之客进了他家的院门。

这个不速之客名叫许宝财,他是宋初生高中的同学。他的到来,使刚从田里收工回来准备吃午饭的宋初生在欣喜若狂中感到有一种好事在向自己靠近。

许宝财是来邀宋初生和他一起外出打工的。他学习虽然一般,但和宋初生的关系却处得相当不错。两人刚一见面,好像有点迫不及待的宋初生就拉着他进了奶奶的屋子。

"你这个东西,一毕业就刮哒上跑啦!"宋初生一边拿起温壶给他倒水一边有点伤感地说，"我以为咱们这辈子再也见不上啦！"

"不就是一个辛村，一个冀郭，"许宝财不以为然地说，"咋地就见不上哩？"

"那谁知道哩？你房的那些好亲戚多，说不定哪天就把你拖拉出的啦！"宋初生走了两步把手里的玻璃杯子放到许宝财跟前的炕沿上。

"你不要说，我瞭你来的目的还就是想和你说这个事情哩！"许宝财说着从上衣兜里拿出一盒阿诗玛香烟，两个手指从里面抽出一支递向宋初生。

"我不吸，不用给我。"宋初生摆了下手问，"还是你这日子可以，连烟哩熏上啦！"

"你快不敢说，我这是偷买下的。"许宝财掏出打火机点着烟，吐了口烟雾后放低声音说："俺妈给了几个零花钱。这几天在眷舍烦闷的不行，我也是偶尔吸的耍两根，没瘾！"

"你就不怕你老子看见？"

"怕哩！不过不要紧，俺老子在矿上哩！一个月回来的一半次。等他知道了咱们就早跌倒西京啦！"

"跌西京？去那儿做甚的哩？"

"上班儿！"许宝财眉飞色舞地说："这一下子该咱们这土包子出头啦！"

"你咋地还能找下那儿的做的哩？"

"我有个舅舅在那儿当的个副厂长哩！俺妈看我在眷舍闲的不行，就写了封信。结果没啦半个月，咱们这做的就寻到门上啦！"

"你舅舅那是甚的厂儿哩？"

"好像是个电器厂，具体生产甚了我也不大清楚。"

"我记得你说过，要是你考不上，你爸爸就在矿上给你找个做的。"

"煤矿上的做的不能干，都是受苦的买卖。他请我哩不去！我还怕受死哩！"

"看人家你！干甚哩都是左右逢源。"宋初生说着眼里投出了羡慕的神色。

"老兄你不用看我。这年头儿就是这，撑死有关系的，饿死没人缘的。"

"也不一定都是这！"宋初生感叹了声说，"车有车路，马有马道。要我看了是每个人有每个人的一种活法，咱们没必要苛求。能做好自己找回自己就行啦！"

"我就知道你是这话！"许宝财笑了声问："这次敢不敢和我一起跌西京的？"

"敢！问题是怕去了没我的饭碗子，叫咱们白跌一回回哩！"

"这你不用怕！有俺舅舅哩！"

"可是人家就应承下你一个。"

“这不怕！去了我再叫他补一个。不管大小是个副厂长哩！咱们这又不是甚的些大事情。走哇！我保证给你没问题！”

“你因为甚不自家走哩？”

“我给你说实话，咱们这一走就是老来远的。人生地不熟，我怕孤闷人哩！所以我想来想去，觉见吼上你最合适！”

听了许宝财这一番不靠谱的话，宋初生心里踌躇一会儿便下定了走的决心。他想：许宝财的话虽然充满了水分，但对初出茅庐羽翼未丰的自己来说，外面的世界充满了诱惑。能有个伴儿一起闯荡一起领略外面的世界，这何尝不是件好事呢？也许由此可以闯出一条路来。再说三个弟妹的学习费用也需要自己帮衬呢！

“你计划甚时候走哩？”打定主意的宋初生笑嘻嘻地说，“我听你的！到时候你不要把咱们耍空就行。”

“咱俩个是甚交情哩？我还能做那事？”许宝财拍了下自己的胸脯说，“你歇你的心哇！我肯定不会叫你白跑的！我这儿了好说，你要是便宜的话，咱们明天就开腿！”

“我这儿也没甚，就是个收秋！俺老子独自家。”

“一个收秋吭！那就是往回叨挖的口吃的，又变不出钱儿来！有你妈和你哥哥姐姐们帮衬一下就过的啦！”

“嗯！说这了也是！”

“那咱们就利索些儿，明天上午九点在火车站见面。你看哩？”

"行！没问题！"

许宝财见宋初生应承得爽快，便满心欢喜地到院子里和宋初生的父母拉呱了几句家常后，骑着摩托出了院门。

这事儿来得很仓促，仓促得使目送着许宝财背影消失的宋初生感到自己就像在做梦。这个梦不仅给张玉英和宋显勋老两口带来了惊喜，也给他们带来了一种期盼。宋初生见家里人高兴，也乐得在他们的问长问短中把许宝财说给自己的工作和环境添油加醋地描述了一遍，以免他们担心。

真作假时真亦假，假作真时假亦真。此时此刻，朴实的皱纹舒展的几位老人没有去想宋初生的苦心，他们只知道孩子的快乐就是自己的快乐。特别是喜出望外的张玉英，在这个院落开心的氛围中，她又多了一种体味成就感的喜悦。

平遥人的诚信

　　第二天上午八点半刚过,左手提着一个灰色人造革旅行包、右手提着一个装着行李卷的蛇皮袋的宋初生出现在火车站候车的人群中。他随着人群进了候车室,见许宝财还没有来,便忐忑不安地放下东西坐在了椅子上,把目光对准了候车室的入口处。此刻,他在想着:平常风风火火的许宝财会不会失约呢? 如果是这样的话,自己可就惨了。昨天下午他在村里的小商店购买了一些路上的吃食,估摸这会儿村里已有不少人知道他外出打工的消息了。要是今天许宝财不来,自己该如何收场呢?

　　这时, 候车室的音箱里正播唱着他喜欢听的一首流行歌曲:

　　在很久很久以前

　　你拥有我

　　我拥有你

　　在很久很久以前

你离开我

去远空翱翔

外面的世界很精彩

外面的世界很无奈

当你觉得外面的世界很精彩

我会在这里衷心地祝福你

每当夕阳西沉的时候

我总是在这里盼望你

天空中虽然飘着雨

我依然等待你的归期……

就在宋初生眯起眼睛品味这首歌曲给他带来的另一种心境时,和他一样提着行李旅行包的许宝财匆匆走到了他的跟前。"你这人也是,说好在火车站等的,你咋地还能跑到这里面哩？"许宝财放下东西瞪了宋初生一眼说:"害的人嘟在外头等了你老半天,心儿嘟又怕你不来了。"

"这个问题咱两个想的都一样。"宋初生笑着说:"看来咱两个之间不存在君子和小人之分。"

"废话!都是说好的事情我还能反悔?"许宝财从口袋掏出二百块钱说:"你等的瞅住东西! 来我买票的!"

"嗯!"宋初生应了声看着许宝财的背影笑了。

十一个小时后,两个初出远门的小伙子在列车车轮的轰隆声和中转汽车的颠簸中到达了目的地——扬平县。

扬平县位于关中平原,北依莽山,南临渭水。东距西京有40多公里,是一个以大中城市为依托的交通通讯非常发达的县级城市。

宋初生和许宝财下了汽车后,在汽车站附近找了一辆三轮车载着他们向许宝财的舅舅家奔去。

许宝财的舅舅叫张新民,他家离汽车站没多远,算起来也就是个一千来米的距离。当拎着大包小包的许宝财和宋初生敲开门叫了声舅舅,站在准备休息的张新民的面前时,他多少有点吃惊的面孔上挤出了一丝微笑和嗔怪。

"你这个孩儿也是,来也不先打个电话!人也好去接你们!"张新民打量了一下外甥后招呼他们在沙发上坐下。

"本来想打来,俺妈也想叫打个哩!"许宝财笑了声说:"可是后来我想不用啦!都是这来大的人啦!也该自家闯闯啦!"

"哼!我一猜俺孩就是这!"给他们倒了两杯水的张新民把目光在宋初生脸上停留了一会儿问:"这是个谁哩?咋地我好像就没啦见过哩?"

"你不用好像,这是我同学宋初生,冀郭的。你肯定没啦见过!"许宝财拉开旅行包,把带给张新民的五六袋平遥牛肉和一塑料提兜月饼油糕拿出来堆放在茶几上说:"俺妈说这是你最爱吃的。叫你给初生也寻个做的,最好是能叫俺两个人在一块儿的。"

"嗯——这事情怕不好办哩！"张新民的话语里吐出了一点难意："你不知道，你这还是俺们厂的保卫走了一个，我和人家保卫科长说了有好几次，人家才应承下的。"

"你再和人家说说，好赖咱也是个副厂长哩！"不知道自己舅舅真实状况的许宝财满不在乎地说："我就不相信他一个保卫科长敢不听咱的！"

"谁说我是副厂长哩？"有点儿吃惊又怕在厂里惹闲话的张新民口气生硬地说："这话你可不敢瞎说！动乱子哩！"

"舅舅你不用看我，你当的是甚我也不知道！"许宝财有点不服气地说，"我这还是听俺妈说的哩！"

"你妈也是，甚也能胡编！"张新民见外甥有点儿生气，忙柔和地说，"嗯——这也不能怨俺孩！其实舅舅只是个小小的车间组长，带班儿动弹的！俺孩要记住，以后千万不敢说我是副厂长啦！要不叫人家笑话哩！"

张新民说这话的时候，心里暗自庆幸自己的老婆带着孩子回了娘家。要不然的话，最起码会把自己的脸臊得通红通红。

"舅舅你看能不能寻个别余的？就是俺们两个人都能做的！"

"恐怕难哩！俺孩们可能不知道，这年头的做的难寻哩！特别是你们这个年龄段的学生，要力气没力气，要技术没技术，人家一般都不想要你们。"

"这可咋办哩？"一听张新民说工作不好找，许宝财立马开始犯愁了。

"你不用愁！"怕外甥着急的张新民安慰说,"这事情也不是绝对的！你们这来远的跑过来也不容易。初生你多等上两天,我哩多托几个熟人问寻问寻！"

"要是这的话,就先叫初生上哇!我等你寻下了再上!俺们走的时候,俺妈也是这话！"见张新民应承的不干脆,怕有变故让宋初生白跑一趟的许宝财忙使出他的杀手锏来给张新民加压。

"哎不敢不敢！咱们不敢这样样做！"许宝财的话使宋初生很感动,但宋初生不想那样做。他觉得世事随心。在这个世上,无论人也好事也好,只要能尽到心就足够啦！这种心哪怕是关键时候的一句话。而这话许宝财表白的十分清楚,也使宋初生看到了一颗仗义关爱的心。有了这话有了这心,自己就不能也不敢再奢求本不属于自己的东西。

"甚不敢哩? 你快悄悄地哇!"见宋初生拦阻自己,许宝财不满地摆了下手,示意宋初生不要吱声。

"不是！宝财,舅舅既然给你寻好啦！你先上的就对啦！"宋初生瞥了眼张新民后盯着许宝财说:"你不用管我,我多等两天不要紧。"

"你两个不用推让!我看这哇!"张新民见两个孩子这么义气,他多少也有点感动,这种感动让他下了决心:"宝财你先上的,初生也不用你结记。舅舅在这儿给你保证,在三天内给初生寻下做的！你看这行不行？"

"嗯！这了还差不多像个舅舅！"许宝财应着和张新民拉呱了一会儿家常后，按照张新民的安排，他和宋初生躺在一张床上进入了梦乡。

扬平有八怪：一怪是板凳不坐蹲起来；二怪是院里房子半边盖；三怪是姑娘长大不对外；四怪是擦汗手帕头上戴；五怪是擀的面条像腰带；六怪是做下锅盔像锅盖；七怪是油泼辣子是道菜；八怪是吃饭碗盆分不开。

第二天上午，许宝财跟着张新民去了工厂。无所事事的宋初生一边街上蹓跶，一边琢磨着在列车上听到的扬平八怪。他想这八怪之一的"锅盔像锅盖"其实在平遥的一些乡村也能看到，他也吃过，那味道也不错。可是老家这么好吃的锅盔为什么就不能被列成一怪呢？还有，还有就是自己的工作，能不能在这儿找到呢？

陌生的城市，陌生的人……

宋初生胡乱想着在街上胡乱逛着，就在他逛得心烦意乱转身想往回走的时候，一根水泥电杆上的一张招工启事忽然跳入他的眼帘，心存侥幸的他赶紧止住脚步，把上面的内容反复看了几遍后，他的脸上绽出了笑意。

踏破铁鞋无觅处，得来全不费工夫。

宋初生看到的那张招工启事是扬平县柳家镇柳家村的一家漆包线防水线加工厂贴的。从启事上面的落款日期看，明榜在这儿也有半个月的时间了。半个月的时间对一个用工单位来说，可能已经人满为患。但潜意识中觉得"能叫碰了也不敢叫误了"的宋初生稍稍犹豫了片刻后，他还是踏上了去柳家村的一辆公交车。

柳家村离扬平有五六公里。

当一路风尘的宋初生赶到柳家村在村边找到这家工厂时，厂长姜林松正坐在自己的办公室里发愁。

姜林松是江苏宜兴人，家里除了开着店铺经营陶器生意外，还开着一个漆包线防水线加工厂。按理说，这种日子过得是盈盈实实令人垂涎，可是，雄心勃勃的姜林松却并不就此满足。他经过多次考察论证后，看中了柳家村这块风水宝地，并想着把家里的厂铺交给妻子打理，自己在这里另搞一个漆包线防水线的加工厂。如果这要是搞成的话，他家的收入就会翻上一番。

开厂子除资金外，首先需要的就是一块场地。资金对筹谋好的姜林松来说已不是什么难题，但场地却把他难住了，他连着在柳家村周边转了四五天也没有找到一块合适的场地。无奈之下，他敲开了柳家村支部书记柳鑫正家的门，把自己的意图吐露给了柳鑫正。柳鑫正倒也爽快，一听来客是个投资办厂的，他立马就让人领着姜林松去了村民章科亮的家里。

章科亮的家和治安所相邻，算起来只有一墙之隔。不知道是不是这个地利的原因,四十出头的章科亮在和所里的人混了几年后,成了柳家村里说大没有官职、说小可以办事的人物。这样的人物其实在生活中并不少见,说起来就和现在的一些人托一样,利用自己的关系在给人们办一些力所能及的"好事"。当然啦!柳鑫正把姜林松打发到这里并不是要章科亮办这号子事,而是看中了他手里的占地面积足有五六亩地的闲置工厂。如果姜林松能看上这个废弃的厂子,村里就能多一个企业,村民们多多少少的就又有了一个干活赚钱的场所。

依照姜林松最初的想法,就是出点租金把这个厂子租赁下来自己经营。但明白漆包线防水线这个项目市场潜力的章科亮却不干,他眼珠一转端出了自己工厂入股合伙经营的计划。

姜林松想想自己身处异乡人生地不熟的,有人能跟自己合伙也未尝不是件好事。尤其是像章科亮这号子人脉旺气的小人物,绝对是企业的福星。

姜林松盘算好之后当即和章科亮拍板成交。姜林松以五十万的资金和设备入股为厂长,章科亮以闲置工厂入股为副厂长。两人在当地找了十几名工人清扫了车间宿舍厂院,并把厂子起名为顺昌漆包线防水线加工有限公司。待过了一个星期机器设备运到安装完毕试用正常后,他们在锣鼓声中合上了投产的电闸。

对一个正常运转的企业来说,必须有一个懂业务的财务人员来参与运营。可是姜林松放眼全厂把自己手下的工人都扫瞄了一遍后,觉得厂里没有一个能担当此重任的人。当然这也不是柳家村没有这样的人,而是姜林松认为自己的厂里柳家村的人太多啦!厂里除了从山西太谷县聘请的技术工梁师傅和他自己外,其余的人都是柳家村的。如果此时再找一个柳家村的人来担任会计,把住厂里的财权命脉,时间长了再和章科亮沆瀣一气的话,那自己的投入就会变成肉包子打狗——一去不回。

就在姜林松正在为寻找一个可信之人绞尽脑汁之时,一脸书生气的宋初生随着敲门声站在了他的眼前。

"什么事啊?小伙子!"靠在椅子上的姜林松点了支三五烟打量着宋初生问了声。

"老板!我看了张招工启事是你们的,你们还要不要人?"第一次自己求职的宋初生压抑住内心的羞怯开门见山地说了来意。

"嗯——我们这人已经招得差不多啦!小伙子你是哪里人啊?"

"山西平遥的!"

"什么?你是山西平遥人?"一听宋初生是外地人,心中暗喜的姜林松顿时来了兴趣:"你是什么学历?"

"高中!"

"嗯！你以前干过哪些工作？"

"嗯——老板！不好意思！我是刚毕业离校的学生！"

"哦——是刚毕业出来的学生娃子！嗯！这就好喽！"喜出望外的姜林松说着让宋初生坐下，两人谈了有一个多小时候后，感觉宋初生思维清晰敏捷的姜林松下了一个很大胆的决心：让宋初生担任厂里的会计和仓库保管。

什么？会计保管？这可是一个打工者梦寐难求的好差事，宋初生一听顿时惊呆了。他想不到初次见面就会得到姜老板的如此信任！这是不是自己在做梦呢？心里有点不踏实的他盯着姜林松的脸读了一会儿表情后，嘴里吐出了自己的疑问："老板！你是不是开玩笑哩？"

"你看我像开玩笑的样子吗？"姜林松不紧不慢地反问他，"你是不是奇怪咱们刚相识我就委任你一个重差？"

"是！"

"很好！实话实说，我就喜欢你这样的实在人。"姜林松拿起桌上的手枪样式的打火机点了下嘴边的半截烟后端出了自己的一些老底子："我实话给你说吧！我这儿用的都是当地人，我对他们不是太放心。"

"俗话说得好！害人之心不可有，防人之心不可无。说起来我是一个外地人，咱们是萍水相逢，素不相识。既然你对他们能不放心，那对我能放心吗？"

"嗯！你这话问的好！"姜林松往烟缸里弹了下烟灰说："就

从你这话我就敢断定我选的人没错儿！"

"为啥没错儿呢？"

"哈哈哈……你这小子！"姜林松用欣赏的目光扫了下宋初生说，"这一个原因嘛！我刚才已经说啦！至于第二个原因嘛！其实很简单，因为你是平遥人！"

"平遥人？"

"哦！平遥人！可能你会奇怪我为什么会喜欢你们平遥人，是吧？"

"嗯！有点儿！"

"我这人喜欢研究一些地方史，也知道平遥的一些事儿，对你们晋商很感兴趣。特别是你们那个日升昌票号，要不是你们平遥人的诚信经营，就不会有它汇通天下的辉煌。"

"日升昌？"觉得新鲜的宋初生噏动着嘴注视着姜林松，可以讲，日升昌对当时候的他来说，绝对是一个陌生的名儿。

"对！就是日升昌。"不知道宋初生在脑海中搜索日升昌印象的姜林松感慨道，"这个日升昌让我知道了你们平遥人雷……嗯……雷什么来？"

"嗯……雷履泰！"宋初生蓦然想起在自己八九岁时，见过世面的奶奶给他讲述过雷履泰的故事。

"对啦！雷履泰！"姜林松拍了一下自己的头说，"从雷履泰的身上，我知道了你们平遥人精明能干！所以我想你也差不了！"

"可是这我没干过，就怕给你干不好！"

"没事儿，小伙子！你能干好了！"姜林松晃了下手意味深长地说："世上无难事，只怕有心人。你能给我看住这个家就行！"

姜林松这话让宋初生感动了好长时间。本来打算第二天上午来上班的宋初生赶回扬平和许宝财、张新民打了个招呼后，当天傍晚就带着自己的行囊"走马上任"了。

挂着顺昌漆包线防水线加工有限公司木牌的工厂宿舍比较简陋，每个房间里除了摆放着两张涂着绿漆的铁管架高低床和一张破旧桌子外，几乎再也没有什么可入眼的东西。

平遥有句俗话：好出门不如歹在家。尽管这宿舍的条件有些不尽如人意，但对于仓促间找到工作的宋初生来说，能有这样的住处已经是锦上添花了。这时候宿舍里没有人，说起来也不可能会有人。因为在这儿干活的人除了梁师傅和姜林松外，其他的当地人是按点儿来，到点儿去，根本不需要这宿舍。

就在宋初生琢磨着自己应该和梁师傅合住一间有个老乡伴儿好说话时，姜林松走了过来，叫他把行李拿到自己隔壁的单间里。

"走吧！小宋！我让梁师傅给你把房子收拾好啦！"姜林松说着一手提起了旅行包，在不好意思中有点慌乱的提起行李袋的宋初生赶忙客气道："哎哎！姜老板，还是我提吧！这包重哩！"

"重啥呢！不就是几步远！"姜林松说着和宋初生一前一后进了那个单间。

这是一个办公室兼宿舍的房间，里面除了一张单人床和一张写字台外，还多了两把椅子和一组铁皮文件柜。看来这又是一个比较高级别的待遇，这种待遇不仅让宋初生感到受宠若惊，而且还使他下定了为姜林松当好一名管家的决心。

漆包线防水线是个好项目，厂子里每个月都会有几笔可观的款子入账。宋初生每天除了记账和库房的发料以及产成品的出入库外，余下的时间他就跟着梁师傅边干活边学技术。这样过了有两个多月后，看到厂里效益不错的副厂长章科亮开始接近他了。

章科亮是个不愿屈居人下的人。在他走过三十六年的岁月里，利用这块场地曾和人合伙开过两次工厂，但每次都是因为他急功近利排挤合伙人导致了厂子的倒闭。企业界个别合股人之间的竞争有时候就是这样：同患难易，共享乐难。利益膨胀的脑袋就像潘多拉的魔盒一样，里面充满了贪婪、嫉妒和绞杀。当然啦！在章科亮和姜林松两人的厂子刚开的时候，章科亮也有过担心。他担心过南方人脑瓜儿活不好斗，也担心过厂子的前景和产品的销路。他觉得：虽然自己没投资一分钱，但厂子要是因效益不好垮了的话，从法律层面上来说，自己这个合伙人就会多少受到一些牵连。所以他希望这个厂子能和市场接轨，因为只有这样，他才能找到自己施展手脚的空间。

君子中庸，小人反中庸。

在章科亮刚和宋初生认识接触了几次后，章科亮留给宋初生的印象满好的。两人从家常拉到企业，从企业拉到运营，章科亮的知识面的宽度差点儿让宋初生到了佩服的程度。那一段时间的宋初生曾在闲暇时看着厂里的这块场地感叹过：看看人家章副厂长的本事！不管有啥没啥，能拥有这块地皮就比啥也强！

庄稼怕近，人怕脸熟。两人混的时间长了，章科亮的一些办法也就来了。他先是让工人们多领原材料，当天加工剩下后就悄悄留在车间里。待宋初生发现后催工人们交回仓库时，在场的章科亮开口了："小宋你也是！咱们天天用的东西，来回搬动的干啥哩？"

"章厂长，这我也没办法。"宋初生有点难意地说："姜厂长说来，咱们这材料和产品都是以铜丝为主的，不管做好的还是剩下的，每天必须入库！"

"哼！穷折腾！你要不嫌麻烦的话就入哇！"章科亮说着不满地哼了声走了。

过了几天后，在宿舍记完账的宋初生正要起身去车间帮梁师傅干活儿走时，章科亮敲了下门后笑嘻嘻地走了进来。

"小宋！你这是干吗去呢？"

"去车间瞅瞅!章厂长你坐吧!"宋初生说着把一把椅子拖到了章科亮的身后。

"瞅啥呢?老姜又不在!"章科亮点了支烟感叹道,"看来咱们北方人就是实在呐!"

"不实在还能行? 咱这工作就是实在的活儿,不实在就完不了任务。"

"我不是说这个!"章科亮扫了眼窗外压低了声音,"我是说咱们一个河东一个河西,虽然隔着一条黄河,但人不亲土亲,土不亲黄河水亲。咱们可以算是一个地方的人,就应该是一疙瘩。"

"一疙瘩? 你这是啥意思哩?"

"看你这娃子! 笨死啦! 连领导的意图也领会不了!"

"嘿嘿嘿……"宋初生憨笑了几声故作糊涂说:"我没这样听说过这个词儿!"

"你快笨死啦! 我们这儿说的这一疙瘩,就是咱们要团结起来精诚合作拧成一股绳的意思。"

"唵——是这意思,这我就明白啦!"

"明白? 我看你还是不明白!"

"我咋不明白呢? 你的意思不就是咱们大伙儿以后要成一疙瘩,就和一家人一样?"

"看你这娃子!说你不明白还不服气!"章科亮开始露出了他的本意,"我的意思是咱们不仅要成一疙瘩,而且还应该不叫外人欺负！"

"外人？"其实关于外人这个话题姜林松早给他说过，不过姜林松所说的外人是指他自己和宋初生、梁师傅三人。而现在章科亮的嘴里又蹦出这两个字来，这又指的是哪个人呢？宋初生听着还真有点不明白："章厂长，你说谁是外人哩？哪个外人敢欺负咱们哩？"

"嗯——看你这娃子！啥也要打破沙锅问到底，你自己就不会动动脑筋？"

"呵呵呵……你这话就像舒婷的朦胧诗，我动了也恐怕想不出来。"

"想不出来？想不出来你就好好想想哇！我这话可不是为了我自己！"章科亮见初探宋初生的目的已经达到，便不再深说。他看着宋初生的神色闲聊了一阵家常后，抬头看了下挂钟上的时间出了房门。

"怎么能这样呢？"站在门口的宋初生望着章科亮的背影感觉到自己心里一股厌恶劲儿正在升起。

渭河里的水在缓缓地流着，厂门口几棵柳树的叶子不时地往下落着。

坐在房间里的宋初生在使劲儿想着："这该咋办呢？"其实章科亮的来意他非常清楚，就是要他合起伙儿来釜底抽薪，挤走姜林松。这一段时间来，宋初生在和两个当地工人的闲聊中知道了章科亮的不少故事。这两个好心的工人还悄悄提醒过他，说章科亮这人不好对付，你要小心一些。当时他还有点儿满不在乎，觉得大家都是和睦共处的地球人，不可能有那些事情发生。现在看来自己是大错特错，错得能忘了金庸大师小说中常出现的那句"江湖险恶"的良言提醒。大老板要东，二老板要西，夹在中间的宋初生觉得自己是东也不好西更不对！唉——自己怎么会选到这个地方呢？居上不上，居下不下，难道这就是传说中的中庸最难？

就在宋初生七想八想也没想出一个办法之时，隔壁开门传过来的钥匙声使他拿定了主意。

"小宋！小宋！你过来一下。"

"哦——来啦！"早知道是姜林松回来了的宋初生应了声后急忙提上温壶去了老板的房间。

"厂长，你这次是不是又拿到订单啦？"见姜林松一脸喜色的宋初生问："是不是又是西京的？"

"不是！是兰州的。"姜林松说着把几张订单递给宋初生。

"什么？兰州也有了咱的市场啦？"在惊喜中接过订单的宋初生翻看了一下说："老板你真厉害！一出去就是三四张订单。"

"这就是一个人的公关交际能量，你要多学着点，说不定哪一天你就得替我跑哩！"

"我？我怕不行哩！"

"啥不行呢？你说会计不会，现在不也干得挺好的！"姜林松说着泡了杯茶点了支烟后坐在椅子上问:"这几天厂里的情况怎么样?"

"嗯——车间的生产情况了挺好的!不过就是——嗯——"宋初生拖着嗯声稍稍犹豫了一下,虽然他已决定把章科亮的情况告诉姜林松,可是他还没想好该怎样开口。

"嗯啥呢?你不要吞吞吐吐的,想说什么你就说嘛!这儿又没外人。"有点心急的姜林松催着。

"嗯——姜厂长,你觉得章副厂长这人怎么样?"嘴里冒出问号的宋初生觉得还是试探一下姜林松的口气比较好。

"嗯——老章这个人嘛!朋友多,交际广,本事大,嗯——管理能力也可以!上个月还给厂里拉回两张订单来!嗯——可以!此人是个难得的人才!"姜林松看着宋初生说了自己的看法后话锋一转:"你为什么要提这个话题呢?"

"我怕你吃亏!"

"我吃亏?我能吃谁的亏呢?你说谁又能叫我吃亏呢?"

"章科亮章副厂长!"

"哈哈哈……你说老章?绝对不可能!他在我面前就像这个……这个东西一样,可温顺啦!"姜林松说着把两手伸到两耳朵上方做了个小兔子的样子。

"他那是在你面前故意装的,在你背后他的那鬼点子特别多,也特别爱捣鬼。我觉得他这人有野心,厂长你得小心哩!"

"小心啥呢?大家都在一个锅里捞饭吃,成天你防他、他防你的还能成了事儿？你别忘了，我们俩是合伙人，我赚他也赚，我亏他也亏。我相信就是给他十个胆子他也不敢瞎鼓捣，他又不是傻子！"

宋初生见姜林松不信，就把自己知道的章科亮的一些事情给他说了一遍，但姜林松却置若罔闻。他觉得财务和技术都由自己可信的人掌握，章科亮就是有天大的本事也翻不起浪来。

"小宋啊！你说的这些我都知道啦！老章这个人嘛！有时候是小家子气了些！不过清水池塘不养鱼！用人这个事儿嘛就是这样！既要叫人家干成绩，也得允许人家有毛病。一张一弛才是文武之道嘛！"姜林松的话既像是在告诫一个部下，又像是在引导一个小老弟，让眼睛随着他转的宋初生一时半会儿理不出一个头绪来。

"哈哈哈……"见自己一番云里雾里的话把宋初生弄得有点发愣的姜林松爽朗地笑了笑说，"小宋你愣啥呢？这个就是管理的学问，也是容人的肚量，你要好好学一下，对你的将来有好处！"

"嗯！我知道啦！"宋初生应着点点了头。

"知道了就去忙你的吧！你说的那事儿我会注意的！"姜林松敷衍地说着走到宋初生身边拍了拍他的肩膀。

"怎么会这样呢？"有点失落感的宋初生回到自己的房间后，躺在床上细嚼着老板的话深思起来。好心当成驴肝肺！这人是咋回事儿呢？为什么就不相信真话呢？宋初生觉得自己想不明白，或许有的人能想明白了，但想明白的人也可能会说不明白。唉——自己也是狗拿耗子多管闲事，管他信不信呢！古人曰："天与其责，人尽其事；凡事可为，凡事无为；为之达心，心必至诚。"看来这古人的话就是有道理，这事儿自己尽到心就对啦！不需要苛求他人的同声同气，也许人家姜老板有自己的打算呢！宋初生想到这儿，心情顿时豁然开朗。

日子过得飞快，转眼间已进了腊月二十三的门槛。出门有大半年的姜林松把厂里的工作给章科亮和宋初生分别交代了一下后，便赶到西京登上了回老家的列车。

老虎不在山，猴子称大王。就在姜林松走了的第二天上午，哼着小调的章科亮进了宋初生的房间。

"哟！章厂长，你这是碰上啥好事啦？咋这么高兴呢？"起身相迎的宋初生边打趣边给他搬椅子。

"哈哈哈……好事多呢！"章科亮笑着坐下说，"我就是为这事儿来和你商量的！"

"啥事儿？"

"你不要着急，坐下了咱们再说！"看着宋初生给自己倒了杯水坐下后，章科亮才委婉地开了口："嗯——小宋！你说我这人待你怎么样？"

"没说的！挺好！"宋初生应着竖了下大拇哥，但心里还是奇怪他这个问号。

“嗯！能记得老章,看来你这娃子还是有点点良心。”

“咱是农村娃子,没良心还能行？”

“我最看重的就是你这个！”章科亮说着话锋一转问,“你觉得老姜这人怎么样？”

“嗯——还可以！章厂长你这是——”

“我的意思很明确！”章科亮抢过话头亮出了自己的想法：“我记得早和你说过,咱们不能叫外人欺负咱们,所以我想叫老姜搬一下家。”

“搬家？叫他往哪儿搬呢？”

“他爱往哪儿搬就往哪儿搬,反正这个地方是不能留他了。”

“这——章厂长,这能行吗？”

“怎么不行？治安所的肖所长是我的哥们儿,在这块地皮上我说了算！”

“章厂长,我听你说过,你和姜厂长也是哥们儿！你说你们这处得好好的,又没吵没闹过,我劝你了最好不要这样！”

“啥不要这样？你不看他那一天到晚牛哄哄的样子？叫人一看就来气儿！你说凭什么我的地盘他做主呢？”

“人家是投资商大股东嘛！”

“他是啥也不行！”

“可是章厂长你想过没有？兄弟同心,其利断金。你们两个既然是合伙人,就应该互利共赢把咱们厂子经营得好上加好！要是像你们这样斗来斗去的话，我怕你们两个会两败俱伤！"

"两败俱伤？哈哈哈……你太幼稚啦！在这块地盘是要我吃亏那是不可能的！"

"可是章厂长——"

"你快行啦！"章科亮一挥手"啪"地拍了一下桌子说，"这事儿和你无关！我们两个说你帮谁哇？"

"唉——"宋初生长长地叹了口气说："章厂长，你们两个都是我的老板，你说我该帮谁呢？"

"当然是帮我啦！"

"哈哈哈……章厂长你可真逗！"宋初生笑着说："我一个打工的，你说我能帮你啥呢？"

"哎！你这话就对啦！"章科亮点了支烟说："既然咱是打工的，那就给谁打工也一样。现在老姜已经走啦！你说这儿是谁说了算哩？"

"当然是你说了算啦！"

"很好！你知道我说了算就行！"章科亮说着用手指敲了几下桌子："在这儿我给你发誓打包票，你只要听我的，我叫你干什么你就干什么的话，我绝对亏不了你！"

"章厂长你这人也是，发那个誓干啥呢？我又不是不听你的！"

"你要是听我的了就——就这样吧！"看到被自己轻而易

举拿下的宋初生服服帖帖的样子,得寸进尺的章科亮来劲儿了:"你看咱们账上还有多少钱呢?"

"嗯——不多!"宋初生犹豫了下敷衍道:"估摸了有六七万。"

"不对吧!怎么才这点儿呢?"

"嗯——姜厂长走的时候说买什么设备拿了二十来万。"知道下面戏不好唱的宋初生撒了个谎。

"小宋你看这是啥人呢?拿厂里的钱也不吭一声。哼!他不仁就休怪我不义!"有点气愤的章科亮从兜里掏出一张写着他账号的纸条递给宋初生说:"小宋,这是我的开户行和账号,你把账上的钱都给我转过去!"

"章厂长,这我可办不了!"

"怎么?不听我的话啦?"有点不高兴的章科亮睁大眼睛逼视着宋初生,"你别忘了!现在我是厂长!"

"这我知道!章厂长你别着急!"宋初生笑着解释道:"你说的这个事儿不是我不想给你办,是我办不了!"

"废话!会计出纳都是你一个人,你说办不了谁能办了?"

"章厂长,你这是烧香没找到庙门啊!"

"啥意思?"

"会计出纳是我一个人没错儿!可是你想过开户人的那个印章没有?"

"没有。我想那个干什么?它又不能给我吃喝!"

"你说得不错！可是没这个印章咱就办不了事儿！"

"怎么？印章不在你这儿？"有点吃惊的章科亮似信非信地盯着宋初生，他没想到姜林松还会玩这一手。

"章厂长，我一个打工的，假如是你的话，你会把这个印章交给我吗？"

"嗯——这个嘛！"章科亮思忖了半天后还是在半开玩笑中说了实话："废话！这是财政大权，我怎么敢交给你呢？你要是都给我卷上跑了的话，你说我去哪儿找你呢？"

"哈哈哈……这不就对啦！"暂时感到解脱的宋初生轻松地笑着说："姜厂长和你一样，都不是傻瓜！"

"这憨孙，想不到他还敢给我来这一手儿！哼！那咱们就骑驴看唱本——走着瞧！"在恼怒中的章科亮说着站起身来摔门而去。

房间里变得寂静了，这寂静使宋初生感到一种压抑和一种危机正一步一步地向自己袭来。章科亮的意图已经很明白，他不仅要挤走姜林松，而且还要谋夺厂里的全部资产。怎么办？怎么办？这事儿该怎么办呢？

窗外的西北风使劲儿地吼着，地上一些干枯的树叶和微尘不时地被风卷飘在空中做短暂的停留后，不知被摔落在何处何方。

浩荡离愁白日斜，吟鞭东指即天涯。落红不是无情物，化作春泥更护花。

此刻的宋初生恨不能变成一片枯叶,在风力的作用下去给姜林松报个信儿。写到这儿也许有的人会想:"报个信儿还不简单!打个电话发个短信立马就收到啦!根本用不着那么扯淡!"不错!二十世纪九十年代初是我们国家通讯业发展突飞猛进期,那时候的家用电话在不少地区已经普及。不少时尚人的腰间挂上了 BB 传呼机,经济实力稍稍雄厚的人手里也有了大哥大。不过这两样东西的寿命较短,在市场只风光了一两年后,就被铺天盖地的手机和小灵通给掩埋了。通讯时代,按理说家里装有电话、身上又有传呼机的姜林松应该能在第一时间里得到这个消息。但可惜在他匆匆忙忙回家走的时候,只给宋初生留了一个不知真假的家庭地址。

怎么办?怎么办?在房间里坐立不安的宋初生着急地想着办法。这时候的他想过写信,但写信是远水救不了近火,就是用特快专递也得两三天时间姜林松才能收到。而这两三天的时间对于步步紧逼的章科亮来说,他是绝对不会给对手留下的。

当然,宋初生也想过退却。退却的理由就是姜林松不在,自己孤身一人势单力薄,根本斗不过去章科亮这帮人。可是自己如果就这样不声不响地退却了的话,不仅会让章科亮白白侵吞了姜林松委托给自己保管的资产,而且还会失去一个平遥人的信誉。

人无信不立,业无信不兴。

宋初生记得许宝财邀自己外出打工的那天晚上，坐在炕上的奶奶给自己唠叨过："孩儿，这是俺孩第一次出远门，这外头大啦！甚的人也有哩！凡事俺孩都要小心些儿！"

"嗯！"

"善者善之，不善者亦善之；德善也。信者信之，不信者亦信之；德信也。这是你爷爷当了十几年医生最喜欢的一句古话。"

"嗯！知道啦！你给俺们说过多少遍啦！"

"你爷爷要俺孩们记住这句话。"

"这俺们知道！还有一句就是知恩图报，诚信德善。"

"对对对！俺孩你知道就好！在外头要是碰上赖人，就尽量躲闪些儿；要是碰上帮自家来的好人，俺孩就一定要报答人家！"

奶奶的话虽然不是什么老佛爷的懿旨，但也是自己人生处世的金言良语。宋初生想到这儿后拿定了主意：一定要想办法给姜林松保全资产，哪怕自己不要这份工作了也不能叫章科亮的图谋得逞！否则的话就对不起自己的良心！可是想归想，做归做。自己是一个身处异乡的孤家寡人，真要给姜林松保全资产那可不是一句话的事儿。

窗外的西北风还在吼着，那"呜呜呜"的声音催着寒冷给人带来一种对严冬的畏惧。宋初生等晚上加班的工人领走铜丝、胶皮等材料后，他回到自己的房间里又琢磨起对付章科亮的办法来。

时间就像药罐里的药一样在慢慢地熬煎着。躺在床上的宋初生就在这种"熬煎"的难受中进入了酣睡状态。就在他睡到进入子夜的门槛儿睡得正香时,一阵"咚咚咚"的捣门声和叫喊声把他惊醒了。

"小宋!小宋!快开门!"

"谁哩?"宋初生一边穿衣服一边不满地说:"半夜三更的,吓死人啦!"

"小宋是我!章科亮!"

"噢!知道啦!你稍等!"

待宋初生打开房门后,章科亮和十来个后生带着一股凉气闯了进来。

"章厂长,你们这是——"第一次见这阵仗的宋初生心里"咯噔"了一下。

"唵!没甚!"章科亮拍了两下宋初生的肩膀说:"小宋你不要害怕,我们这不是冲你来的!"

"哼!姜老板又不在!这么多人兴师动众的,不是冲我来的能冲谁呢?"心里有一面明镜的宋初生虽然这么想着,但嘴上却没敢这么说出来:"那他们是新招的工人?"

"不是!他们是来给我搬家的!"

"搬家?搬啥家哩?"宋初生有点奇怪了。

"唵!搬咱们仓库的家!"

"仓、仓库的家?"宋初生吃惊了!因为仓库里除了有二十多万的红铜丝等原材料外,还存放着十几万元的产成品。章科亮选中这地方的意图显然就是这些值钱的东西,但不敢太相信自己耳朵的宋初生还是追问了句:"你的意思是要搬仓库里的东西?"

"嗯!可以这么说。"章科亮挺了下下巴问:"怎么?你不愿意?"

"不是!章厂长,"宋初生解释道:"不是我不愿意!是有个人不愿意!"

"这是我的厂子,你说他谁敢不愿意哩?"

"姜厂长!"

"姜林松?哈哈哈……你觉得他说了还管用吗?"

"这不是管用不管用的问题。我觉得姜厂长不在,咱们随便动仓库恐怕不大合适!"

"什么合适不合适的?这个不要你来操心!我说合适他就合适!你快把钥匙拿出来吧!"

"章厂长,我给这钥匙是小事,可是姜厂长回来问我要库里的东西是大事。到时候我要交不出这东西来的话,你说我该咋办呢?"

"死脑筋!你就不会说是我拿啦?"

"喝酒的问提壶的要。章厂长你应该理解,他把这库房交给我啦!我说你拿走也脱不了干系。"

"听你这意思了是不想交？"

"不是！我是说你们两个人最好能商量一下，不要难为我这个打工的！"

"哈哈哈……笑话！你让我跟他商量？凭啥呢？再说他老家离这儿这么远，你让我咋商量呢？"

"打电话！你打个电话不就成啦？"

"娃子你太幼稚啦！这事情不是打个电话就能办了的！再说他也没给我留下号码，你让我给谁打呢？"

"这——"

"你快别这啦！再这也没用！"章科亮加重了语气，"现在我是厂长，你必须听我的！"

看着章科亮盛气凌人的样子，心急火燎的宋初生的额头上渗出了汗珠。双拳难敌四手，眼前的阵势已明显地注定了他处于下风的结局。怎么办呢？假如自己不答应的话，就是拼个死活把这一百多斤放在这儿也过不了章科亮精心设置的关卡；假如自己要答应了的话又对不起姜林松的重托。不甘心"束手就擒"的宋初生绞尽脑汁地想着摆脱危机的办法。

"娃子，你紧张啥呢？"章科亮见自己的恫吓有了效果，嘴角咧出了一种笑意。

"我、我不是紧张。"

"不是紧张怎么会出汗呢？"

"我、我肚子痛！"一听说自己出汗了，紧张中的宋初生急中生智想出了一个放松心态的办法："章厂长，我得去方便一下，咱们的事等一会再说。"

"行！反正你去哪儿也跑不出这个厂子！"章科亮说着示意手下一个人跟着宋初生去了厕所。

凛冽的风不知什么时候停了。厂院在静谧的夜中和机器的轰鸣声中孳生着一种噬人的可怕。出门打了个寒颤的宋初生蹲在厕所里后觉得自己这时的头脑清醒了许多。厕所有时候是个出灵感的地方，据说还成就过一些诗人。宋初生在这个地方一蹲就是十来分钟，蹲得他的脚也有点麻了，跟他的那个人也烦了后，琢磨出一个欲擒故纵计谋来的他才有点一瘸一拐地从厕所里走了出来。

房间里的空气还是那么污浊和燥热。在房间里和后生们抽了半天烟的章科亮一见宋初生的面就没好气地来了一句："你怎么出来啦？我还以为你今晚上要住在那儿呢！哼！"

"章厂长你真逗！那儿又臭又冷的！你就是给我两根金条我也不在那儿住。"

"娃子你不要给我嬉皮笑脸地耍花招，你耍也没有用。在这儿我奉劝老弟一句，做人要认清形势，摆正自家的位置。"

"章厂长你不用说啦！这我知道！"宋初生嬉笑着说："这事情我也想清楚啦！这年头，咱一个打工的跟谁干也一样。反正这东西也不是我的，你说咋弄就咋弄！只要你到时候不要忘了给我多加一百的工资就行！"

"哈哈哈……加一百工资还不简单！"章科亮爽朗地笑了声说，"识时务者为俊杰。我看你这娃子就是一个俊杰，很有培养前途！在这儿你就放心吧！只要你跟着我干，我不仅要给你加工资，而且还要你继续当我的会计保管！"

"章厂长，你说这话算数？"

"绝对算数！可能你不知道，我这人向来是你敬我一尺我敬你一丈，在这方面我是不会含糊的。"章科亮边说边指了下身后的后生们，"你要不相信的话可以问问他们，要不是这的话，我就不会有这么多的朋友！"

"这个不用问！我一看他们就知道都是你过命的弟兄。"

"哈哈哈……这了还算你娃子有点儿眼光！"章科亮说着拍了下宋初生的肩膀，"能结交下你这个兄弟也是老哥我的福气！等这儿的事儿完了，明天中午我在饭店摆上两桌，请你尝尝我们这儿的羊肉泡馍，也算是我给你压压惊！"

"那咱还等什么?赶紧去搬东西吧！"宋初生笑呵呵地说着从抽屉里拿出钥匙和他们去了仓库。

人多力量大。仓库里的那些存货虽然值钱，但数量有限。十几个人从厂院里左房搬到右房，来来回回地折腾了两个多小时后，姜林松的所有库存都进了章科亮掌控的新库房。

"小宋，你去拿上那把锁锁上吧！"感到完事大吉的章科亮满面笑容地催着宋初生。

"章厂长，我看咱们还是用上你的新锁比较好！"

"为啥？"

"那把旧锁上的钥匙除了我有外，姜厂长手里也有。"宋初生解释道，"你要是还用这把锁的话，那就和姜厂长的东西没什么两样！"

"哦——你说的没错！"恍然大悟的章科亮说着拉开自己的老板包，从里面拿出一把早已准备好的新锁锁在了新库房的门屈戍儿(平遥方言，门上挂锁的铁环)上。

"小宋，你去车间告诉大家，今天大家都累啦！明天咱们放假休息，后天正式上班。"章科亮说着兴冲冲地和那十几个后生回家去了。

寒冬的这个夜晚终于变得宁静了。

心中松了一口气的宋初生回到房间待了有一个多小时后，觉得疲惫了睡着了的章科亮在今夜不可能再来厂里，偷偷悄地把旧仓库的门锁也锁在新仓库的章科亮的那把锁的铁环上。

"章厂长，你别给我得意，没我的钥匙你也进不了这个门儿！"宋初生这么想着看了眼门锁后，他赶紧溜回自己的房间背上早一会儿已收拾好的行李，一手提上旅行包出了厂门，大步向支部书记柳鑫正家走去。

柳鑫正家离顺昌漆包线防水线加工厂不远，算起来也就是个七八百米。宋初生七拐八拐地找到他家院门踌躇了一会儿后，一手抓起门环敲打起来。

"谁呀?半夜三更的,这是干啥呢?"被敲门声惊醒的柳鑫正穿好衣服后拿上手电筒在院子里照着院门叫喊着:"你还叫不叫人睡觉啦?"

"柳书记,是我!漆包线厂的小宋!"

"小宋?嗯——你有啥事儿嘛?这大半夜的,明天再说吧!"

"不行!柳书记,我们厂出大事儿啦!你赶快开门吧!"

"啥事儿?这么急!"睡眼惺忪的柳鑫正虽然嘟囔着有点不满意,但还是打开院门把宋初生领进了客厅问:"是什么大事儿啊?快说吧!"

"柳书记,章科亮带人把仓库里的东西都抢跑啦!"

"什么?他敢带人抢库里的东西?"心里有点怀疑的柳鑫正盯着宋初生打量了半天后问,"他把东西抢到啥地方啦?"

"另外一个房间。"宋初生见柳鑫正不太相信,便把事情的经过一五一十地给他说了一遍。

"这憨孙也是,怎么能干这号子傻事儿呢?"

"柳书记,你给我们说过咱们这儿招商引资的一些政策,你看这事儿该咋办呢?"

"我说过的话我兑现,保护投资商的合法利益也是我的责任和义务!说实在的,釜底抽薪,排挤外商,我最恨的就是这种人!"

"那好!柳书记,这个事儿我给你汇报啦!也就是说你也有了责任啦!"

"哈哈哈……这个我知道,其实你不说我也有责任哩!"柳鑫正笑了笑问:"你看这事儿该咋办呢?"

"柳书记,我现在要去江苏找姜厂长。我觉得当务之急就是你应该派人保护好仓库,要是在姜厂长回来之前我锁的那把锁被人撬了,新仓库的东西再被人抢了的话,那就是你的事儿啦!你还得承担责任哩!"

"小宋你放心吧!仓库里的东西我保证它少不了一根毫毛!说实话,出了这样的事儿,我已经对不起老姜啦!我不会再对不起他的!"有点惭愧的柳鑫正说着要通了民兵连长家的电话,要他马上找四五个人轮流去看守仓库。

天快亮了,一些早起劳作的人们又开始了一天的忙碌。觉得事已办妥的但还在紧张不安之中的宋初生站在村边的公路上待了有四十多分钟,他才等上一辆公共汽车去了西京火车站。

西京火车站来来往往的人很多,随处可见拿着一块硬纸招牌的往一些宾馆或者长途大巴招揽客人的拉客者。宋初生排在长长的一溜买票队伍中等的买上车票上了开往江苏的列车后,他才在终于摆脱章科亮掌控的庆幸中长长地吁了一口气。

小心行得万年船。此刻的宋初生并不知道在他离开柳家后,有点担心泄露消息的怕宋初生遭到报复的柳鑫正悄悄尾随着他到了村边,守候在一个离他不远的墙角里,直到看着他一个人上了公共汽车后，柳鑫正才拖着瞌睡的身躯向家里走去。

江南的腊冬绿色莹然。沿途可见长长的河流，群鸭嬉水的池塘、翠绿的竹丛和一排排茶树林。可惜坐了两天两夜列车的肩负特殊使命的宋初生无心欣赏这些富有诗意的美景，他走下列车出了无锡站后，立马登上车站附近的一辆中巴向姜林松的老家赶去。

姜林松的老家在宜兴市的丁山镇，镇里的居民有一万三四千人。宋初生拿着那张写有地址的纸片逢人便叔叔阿姨大哥大姐地叫着打听了有四五十分钟的时间后，他才进了姜林松家的门。

"咦！这不是小宋嘛！"猛然见到宋初生的正在家里帮妻子做过年食品的姜林松略带不满地问："你怎么跑到这儿来啦？"

"姜厂长，不好啦！"见在好奇中姜林松的语气不善，知道自己来得很突兀的宋初生赶忙把厂里发生的事情告诉了他。

"什么？你说的这是真的？"一直觉得不会有这事儿的姜林松听了后有点不敢相信自己的耳朵。

"我从厂里偷跑出来，又千里迢迢地赶过来告你，你说这事儿能假了吗？"

"唉——麻虎养活到炕洞里，我真是瞎了眼啦！"气恼懊悔中姜林松拍了一下自己的脑袋在沙发上傻呆了半天后，嘴里才冒出一句连他自己也想不通的不知是说给自己还是说给宋初生的话："这人怎么会这样呢？"

"大概是财迷心窍！想一夜暴富哩！"

"唉——知人知面不知心呐！看他平时怪老实的，对我也总是毕恭毕敬的！想不到背后还会捅我一刀，我真是看走眼啦！"

"姜厂长，你快不用想那些啦！现在最要紧的是你怎么摆平这个事儿！"

"哦！对对对！小宋你这话说到点子上啦！我在厂里的时候你要能这么提醒我一下就好啦！"

"我记得提醒过你，可能是你忘啦！"宋初生说着从包里拿出三本账本和一串钥匙放在茶几上，"姜厂长，我现在把这些东西交给你，虽然没给你把厂子看好，但我的任务也算是告一段落啦！"

"哎！怎么能说没干好呢？"姜林松摆了下手说，"小宋你不要那样说！你干的挺好的！说实话，你一个人处在那样危险的环境下能把事情办成这样，这已经够不错的啦！"

"不错啥呢？再不错也没给你把事情办好！"

"哎！那不是你的错！是我太小气啦！我要是给你留个电话就不会这样！"

"那倒不一定！是疮疖总要化脓的。我觉得有时候像这样的人和这样的事儿还是来的早一点比较好！"

"好啥？再好也得自己倒霉！"

　　"可是能把损失降到最低程度。你想，假如章科亮在企业做大的时候发难的话，咱这损失就不是现在这些。"

　　"哦——是是是！看来我还得感谢章科亮哩！要不是他的话，我就买不到这经验教训！"

　　"不管是啥?我报信的任务总算是完成啦!姜厂长，我现在要赶车去啦！你也赶紧回厂里去吧！"

　　"那好吧！小宋，本来想留你住几天，没想到赶了个这事儿！小宋你就多担待些老哥吧！我这也是迫不得已。"

　　"姜厂长你不用客气，赶紧忙你的吧！那是大事！"宋初生说着提上自己的旅行包出了房门。

　　"这人真不错！"和丈夫一起站在院门口的姜林松的妻子目送着宋初生的背影情不自禁地夸了句:"可交！"

　　"是啊！诚信的平遥人！"姜林松的一句肺腑之言脱口而出。

好人有好报

腊月二十过后是农家准备过年期间食品最忙碌的日子。随着大年三十的到来,冀郭村内各家各户的剁饺子馅声此起彼伏。

在宋显勋家的院子里,负责贴对联的宋初生的小弟宋初兴正拿着扫帚清扫院子。可能读者在前面已经得知,宋初生这一辈是人丁兴旺,兄弟姐妹较多。如果按长幼次序排起来的话,有大姐宋翠梅、二姐宋翠琴、大哥宋初明、三姐宋翠莲、四姐宋翠香、老六宋初生、老七宋初红、老八宋翠花和老九宋初兴。在这九个人中,虽然大哥宋初明和四个姐姐都已成家另过,但依照平遥的风俗习惯,大哥一家要和父母老人在一起过年。

这时候学校放寒假已八九天了,早已回到家的宋初红帮着父亲往财神爷、灶神爷、火神爷、仓官爷、门神、土地爷、老天爷和先人牌位前的供桌供台上摆放一些供品,这些供品有如意翻身身、大枣山山、发财馍馍、五供五菜、核桃、红枣、柿饼、油蛋蛋和花生瓜子糖果等,以表达主人祈求全家健康、如意顺心、财源广进、和和美美的一些愿望。

此时,作为小姑子的宋翠花一边和大嫂在屋里剁着馅子一边和准备午饭的母亲李秀珍唠叨她二哥的事。

"妈! 你说俺二哥这人也是,到现在也不回来!"

"估计快啦! 前几天不是来了一封电报。"

"我就是瞧奇这哩! 西京离咱们这儿又不远,按理说顶多一天就回来啦!"

"可能是另有事情挡住啦!"

"这大过年的,厂子都放假啦! 他能有啥事情哩?"

"那咱们还能知道了?离得老远地。俺孩不要着急,咱们还是等等哇! 说不定一阵阵就回来啦!"

"这人也是! 就不知道眷舍的人都结记哩!"

"妈! 我二哥回来啦!"宋翠花的话音刚落,提着旅行包行李袋的宋初兴喊着和一脸倦色的宋初生走了进来。

"二哥你咋地这来迟?这村儿的打工的都回来啦!"宋翠花放下手里的活计,一边往脸盆里兑水一边追问。

"去了回江苏耽误啦!"宋初生说着洗了洗脸后坐在了炕上。

"江苏?"见儿子平安到家,满心欢喜的李秀珍端详着儿子问:"这大过年的你不赶紧往回走,跑人家那儿做甚哩?"

"办的个大事情哩!"宋初生喝了口水后,把自己去江苏的缘由告诉了家人。

"唵——原来是这事情！"恍然大悟的宋翠花敬佩地看着宋初生说："二哥你这事情做得好！有勇有谋，叫那个章甚来的赖人是竹篮打水一场空。"

"这了俺孩做得对的哩！"忙完活计的坐在炕边的宋显勋也挺着儿子："咱们人穷志不穷，不能做那昧良心的事，更不能挣那黑了心的钱儿！"

"怪不得你们厂儿给咱房拍电报哩！"宋翠花笑嘻嘻地说："把俺们还着急了好几天，闹了半天是有人捣的鬼哩！"

"甚哩？俺们厂儿还给你们拍电报来？"宋初生好奇地问："电报上说甚来？"

"说你拿上厂儿的东西偷跑啦！"宋翠花把案板上的肉馅子翻了一遍说："要不是这的话，俺们还不知道你就在这几天回来哩！"

"这是贼喊捉贼！"宋显勋吁了口气说："幸亏俺孩你跑得快，要不然的话，得俺孩身身皮出哩！不过这也好！吃一堑长一智，能给俺孩们提个醒！对俺孩们以后为人处世有好处！"

"看来你们那个姜厂长也是圪节怪人。"宋翠花一边往盆里放剁好的肉馅一边看着宋初生说："几十万的东西囤在那儿也不留个号码，要不是这的话也出不了这个事情。"

"孩儿，这了不一定。"在暖炕头靠墙坐着听了半天的张玉英忽然开口道："命中有时终须有，命中无时莫强求。姜厂长这是命儿的事,他命儿就该有此一劫!"

"奶奶,照你这口气的话,俺二哥这是不是命有一劫哩?"被张玉英逗笑的宋翠花调皮地问着。

"是哩!金乌西坠兔东升,日夜循环至古今。"张玉英看了眼孙女解释道:"金乌西坠!甚是个金乌西坠哩?这阵阵我才想明白!这意思就是说西京那个地方方不利于你二哥的发展。嗯——看来这梦签了是准哩!"

"奶奶,甚是个梦签哩?"有点不明白的宋翠花问。

"梦签?梦签就是神神给奶奶托梦送来的签词!"

"哈哈哈……"屋里的人都在张玉英的不可思议的解释中笑了起来。

有钱没钱,回家过年。口袋里没挣下几个钱儿的宋初生看到这一切后,一股家的温馨感从心底冉冉升起。他想:这也许就是农村年味儿的好处。无论是在外挣到钱的还是没挣到钱的,也无论是在外工作顺心的还是不顺心的,只要看到这种团团圆圆、融融洽洽、开开心心的传统年味儿,心里的一切烦恼就会变得荡然无存。

农村的年味儿十足,但讲究颇多,各种吃食都包含有一种文化寓意。比方说三十晚上的包饺子就有不少的名堂。饺子有新旧交替、更岁交子的寓意。平遥人在包饺子时全家人都会聚集在一个屋内,一边分工协作,一边聊一些趣事。包的饺子分元宝饺子和麦穗饺子两种,麦穗饺子又叫岁岁饺子,含有"压岁"之意,一般都是专门包给小孩吃的。元宝饺子有"新年发财、元宝进来"之意,包的时候还会把十几枚沸水消毒后的硬币包到里面,在大年初一早上吃饭时,谁要是吃出"一分"的话就预示着新年里有小福,谁要是吃出"二分"的话就预示着新年里有中福,谁要是吃出"五分"的话就预示着新年里有大福,就能挣大钱。这不用说,肯定是谁吃到谁高兴喽。

爆竹声中一岁除,春风送暖入屠苏。千门万户瞳瞳日,总把新桃换旧符。宋初生在这噼里啪啦热热闹闹走亲访友的氛围中过了十来天后,他独自坐在奶奶的屋里开始琢磨起了一年的活计。今年该干什么呢?扬平那地方自己是不能去了,可是不去那儿的话其他地方又没有熟人;没熟人的地方对自己来说虽然也无所谓能适应,但从扬平的经历来看,没熟人找下的工作长久性不强,保险系数不高。就在他想着准备去找村里的几个同龄伙伴探寻一些打工的门路时,回家住了几天的许宝财骑着摩托进了院门。

"初生!初生!"支架好摩托的许宝财叫了几声后,看见宋初生在屋门口向他招了下手,便提着一袋水果进了屋子数落起来:"你这人太不够意思啦!走也不打声招呼,害的人等了你两三天。"

"本来我想去来。后来厂子里面出了个事情,顾不过来啦!"宋初生泡了壶茶后解释道:"说实话,当时候那情况太紧张啦！我确实顾不上瞭你的。"

"甚事情哩？"

"唉！你快不用问啦！说起来我还脸红哩！"

"你不脸红还能行？你小子就应该脸红！"许宝财口无遮拦地说着，眼扫了下屋里的摆设后，一屁股坐在了炕沿上。

"你这是甚意思哩？"

"甚意思？就是我去过你们厂儿的意思。"

"你去俺们厂儿还不是家常便饭，隔两三星期跌一趟，这又不是甚的些稀奇事？"

"问题是要没稀奇事的话我就不说啦！"许宝财说着点了支烟。

"我的稀奇事情多哩！不过能从你口儿说出来还是第一次，你说哇！"

"嗯——说就说！反正我也不怕惹人！"许宝财稍稍犹豫了一下后说："咱们不是说好一起回来过年来！结果按约好的日子过了两天也不见你动静，我实在等不及啦，就去了你们厂儿，结果你不在。我问了个厂儿的工人，人家说你拿上厂儿的东西偷跑啦！"

"你是不是想过，这小子手脚不干净，以后不能和这人交往啦！"

"是哩！当时候我听了后，就觉见这脸上烧的不行！心儿也卷骂了你老半天。"

"看来咱们这个老同学就是个贼!"宋初生笑着给补了句。

"呵呵呵……当时候我确实是这样样想的。"许宝财笑了声说:"我心儿还说,这个人这是咋地啦哩? 在老家还没啦这爱好,咋地还能到这地方大显开身手哩? "

"你是不是瞧奇的不行? "

"废话! 这事情谁不瞧奇哩? "

"呵呵呵……你瞧奇就对啦! 证明你这个人还有救! "

"呵呵呵……不管他有救没救,反正我静下心来想了一顿后,觉得这事情不对劲儿! 以你的为人,不可能做这事情。再说,咱也不能光听那些人的一面之词。"

"呵呵呵……说了半天你总算说了句人话啦! "

"废话! 我不说人话还能说成外星人话? "

"呵呵呵……俺孩要是有那本事的话就不用坐这儿啦! "

"你快不用嬉皮笑脸啦! 人这不是为你着急哩! "

"你是不是就是因为这来的? "

"也是也不是! 你快说咋地回事情哇! "

"好嘞!我先满足你老人家的好奇心!"宋初生说着拿起茶壶往两个茶杯里续了点茶水后,把事情的原委告诉了许宝财。

"呵呵呵……原来是这事情! "许宝财笑着说:"你们那个章厂长也太会蒙人啦! "

"其实人家也不算蒙人。"

"把是非曲直也颠倒啦还不算蒙人? "

“问题是我确实拿了人家厂儿的东西来！”

“你拿人家的甚来哩？”许宝财被宋初生绕的有点迷糊了。

“呵呵呵……钥匙！”

“钥匙？呵呵呵……你快不用逗啦！一把钥匙还能算东西？”

“咋地不算的？那钥匙是人家厂儿的钥匙，又不是咱自家的！更何况权在人家手儿哩！人家说这算咱就得给人家算，人家说这不算咱就跟上人家不用算。”

“呵呵呵……你这话和贾平凹小说里面的一句话是异曲同工，说你行你就行，你不行也行；说你不行你就不行，你行也不行。”

“那是你的理解，咱们说不了人家那高深莫测的话！”

“嗛！你快算了哇！我不和你辩论这。”许宝财喝了口茶水问：“咱们说正经的哇！你今年计划做甚哩？”

“我正想的哩！”

“想下甚啦哩？”

“甚哩没啦！”

“没啦了还是和咱们走哇！这次回来的时候俺舅舅和人家保卫科长说了声，给你留了个名额。你要是去的话，咱们两个就在一块儿！都好照应！”

“我恐怕去不了。”宋初生吁了口气。

“咋地？”

"你想想我出的这个事情就知道啦!"好不容易找个工作,宋初生何尝不想去呢? 可是他怕去了之后万一碰上章科亮或者被他知道了的话,就会给许宝财和张新民带来麻烦。毕竟扬平是个小地方,更何况世上还有一句"不是冤家不聚头"的谚语呢!

"那还用想哩!你那算个甚事情哩?在那儿你没啦告给我,你要是早告了我的话,我就引上俺们那些哥们儿把他摆平啦!"

"你快不用二杆子啦!强龙不压地头蛇,这事情不是你想的那简单!"

"倒是些甚!马善被人骑,人善被人欺。对待这号子人就不能手软,给他一来硬的就老实啦!"有点不服气的许宝财瞪着眼说:"我就不相信他不怕!"

"你说得太轻巧啦!要是像你说的那能解决的话,姜老板也不用发愁啦!"

"你们姜老板也是个二五眼,咋地还能趸摸下一个那样样的人哩?我看他这次是跳楼的买卖——得舍本儿哩!"

"你悄悄等的看哇!姜厂长人家是能人里面攥出来的精人,有的是招儿!"宋初生嘴上这么说着,心里却为姜林松捏着一把汗。

"咱们但愿哇!要是能处理好的话,他应该好好谢谢你这个功臣!"

"这了没必要!咱从心儿也没啦想过!这事情我一开始就

是想的一个尽心尽责,现在咱尽了心就对啦!没必要叫人家谢咱!"

"咋地还能没必要哩?做了好事就应该得到勉励,这是弘扬社会正能量的体现。当然啦!这种勉励不一定是物质上的,就是口头上一个谢字,人也能感受到一股暖意。你说是不是?"

对于这个"谢"字,宋初生倒没像许宝财那样往深处想过。他觉得人都是爱好生活的追求者,在追求生活的过程中既要有心安理得的付出与回报,又要有不敢奢望过多酬报宠爱的心态。否则的话,人与人之间的关系就会在这种奢望宠爱中变得模糊不清、麻木不仁。

街上噼哩拍啦的鞭炮声不时地响着,偶尔也有一两个二踢脚飞到院子的上空炸响,把落在院子南面的核桃树上的十几只麻雀惊得飞起。这些麻雀有时候和人一样喜欢清静自在,当人们庆贺的鞭炮声打扰了它们的静谧时,它们也会在空中叽叽喳喳地抗议上一阵后,才会三只两只地落在树周围的电线上、屋檐上或者窑顶上。

"二哥,你看谁来啦?"出门和同学打了一上午牌后又在街上蹓跶了一阵的宋初兴喊着把一个中年男人领进了屋门。

"哎哟!是姜厂长!"惊讶中的宋初生和许宝财赶忙起身给远道而来的姜林松让座倒茶!

"姜厂长,真想不到你会来!"满脸悦色的宋初生问:"你是怎么找来的？我们这儿可不好找！"

"有啥不好找的？"坐在圆桌一旁椅子上姜林松笑着说，"你能找到我家，我就能找到你家。"

"姜厂长你真够哥们儿！"没想到姜林松会来冀郭的许宝财竖了下大拇指说："这么远来看一个员工，我不佩服你也不行！"

"呵呵呵……这算啥嘛？以初生的人品，我就是来上十次也不为过。"姜林松打量了一下许宝财转向宋初生问："这位是——"

"唵!他是我的同学许宝财，忘了给你说啦!我们一起去的扬平。"宋初生忙给姜林松介绍了一下。

"哦!这就好说啦!"姜林松冲许宝财点了下头说："其实我也不是专程过来的，在扬平办完事儿后要回去，可心里老惦着宋老弟，我就绕道山西过来啦！"

"姜厂长你可真有意思!"许宝财呵呵笑着说："不管你是绕道还是专程，这份情我替初生领啦！"

"姜厂长，你那事儿处理的怎么样？"惦记仓库东西的宋初生正问着，宋初兴端着一盘平遥牛肉和一盘猪头肉走了进来。

"二哥，咱先让姜厂长和宝财哥吃饭，咱有话就在饭桌上说吧!"宋初兴一边往桌上放盘子一边提醒着。

"对对对!咱们先吃饭!"宋初生说着忙和弟弟妹妹把做好

的芫荽炒羊肉、红烧鸡腿、糖醋鲤鱼、蘑菇炖鸡汤、虾酱炒豆腐、合碗子、凉拌豆芽、凉拌莲藕、蒜薹炒肉、素炒油菜、素炒碗脱等十几个菜和一瓶汾酒以及小碗、小碟、酒杯、筷子、勺子摆放到桌子上。颇懂客道的姜林松把宋初生的父母奶奶等五六位主人都请了过来，依次坐在了桌子的周围。

一阵客套和三巡酒后，姜林松说起他处理那件事情的经过。

那天在丁山镇送走宋初生后，心急如焚的姜林松立马打点好行装坐车去了西京。在西京车站他斟酌了一阵后，觉得自己单枪匹马地去了柳家村也恐怕难以扭转不利自己的局面。事情很明白，章科亮既然敢这么明火执仗地对自己下手，背后肯定有后台在给他撑腰。姜林松想到这儿后，有心求助政府机关的他便坐了辆出租车去了西京市公安局，向负责相关事项的一位郑处长反映了他的情况。

"姜厂长你不要怕！"记完笔录的郑处长让姜林松摁了个指印说："保护你们这些企业家的合法利益是我们的义务，打击章科亮这些地痞无赖是我们的责任。走！现在咱们就去柳家村，我看他们谁敢动你的东西？"

郑处长说着叫上两名警察和姜林松一起驾车向柳家村奔去。

到了柳家村后，他们几个先去见了支部书记柳鑫正，向他了解了支部村委保护仓库和章科亮的一些情况。柳鑫正告诉他们,宋初生走后,章科亮领着人在仓库门口闹过几回,但都被他和几个看守的民兵给赶走了。

"柳书记,你干得不错!"郑处长夸道:"对这种无赖就得这样治他。否则的话,他就不知道我们正义的力量有多大!"

"是啊!柳书记,这次要不是你们支部村委出面的话,我的损失可就大啦!"姜林松说着向柳鑫正拱了拱手以示感激。

"哎姜厂长,你可别这样!"柳鑫正摆了下手说:"这我可受不起!说实话,你来我们村投资就是支持我的工作。可是我却惭愧得很,差点儿让你的企业毁在我的手里。唉——我真是糊涂啊!怎么能给你找了这么一个贪婪的人呢?"

"柳书记你快别自责啦!"姜林松安慰他:"当初你也是好意。再说咱们又不是神仙,谁也料不到会发生这事儿!"

"行啦!你两个就不用啰嗦啦!"雷厉风行的郑处长见他两个说道起来没完,忙打断了他们的话茬儿:"走吧!咱们还是去厂里看看吧!"

厂子里静悄悄的。工人们都回家过年去了,两个坐在椅子上守库的民兵哈着气儿又说又笑地闲聊着。其中一个瞅见柳鑫正和几个警察向他们走来,忙拽了一下同伴的袖子礼貌性地站了起来。但忙着打量厂里环境的郑处长却没有理会他们,待姜林松开了自己的那把锁后,郑处长叫人砸掉章科亮的那把"大"锁,让拿出账本的姜林松进库清点东西。

这时,得知消息的章科亮领着十几个人进厂拦阻,随后,和他关系密切的那个治安所的肖所长也带着几个队员开着吉普车进了厂子。

"你们这是干什么?嗯!光天化日之下抢仓库,还有没有王法啦?"不明现场情况的从车上下来的肖所长大声训斥着,他想用先声夺人的气势来唬住对方。可是,等他不紧不慢穿过人群站到仓库门前看到市局来的警察时,他傻眼了。

"你是肖所长吧?"郑处长盯着他问。

"哦哦哦!我是!请问你是——"

"我是市局经侦处的处长,姓郑!"郑处长亮明身份后问:"你来这儿干什么?"

"嗯——保护仓库。"

"你给谁保护仓库?"

"这——这个嘛——"

"肖所长,你别这个啦!你的来意我很清楚!我看你是不是不想当这个所长啦?"

"处长,我、我——"

"你还我什么?嗯?身为执法人员,本来应该惩恶扬善,以身作则,为咱们当地的经济发展营造一个良好的宽松环境。可你倒好,不仅不保护投资商的合法利益,反而与一些地痞无赖勾勾搭搭,为虎作伥。你知道你这是在干什么吗?嗯?说的轻一点儿,你这是失职!如果说的重一点儿,你就是知法犯法!"

"处长处长,我我我知道错啦,我这也是第、第一次初犯,下、下次绝对不犯啦!"

"怎么?你还想着下次?这次我就可以免了你!"

"处长处长,我我我这也是头脑发热一时糊涂,处长你大人大量,就饶了我吧!我保证再也不敢啦!"

"哼!我可以饶你,但是咱们定下的制度却不能饶你。我看这样吧!你先回去好好反省一下自己,等我和你们局长碰一下头再说处理你的事。"

"好——吧!"见郑处长的口气坚决,没达到目的的肖所长只好灰溜溜地走了。

这时,在现场看得目瞪口呆、觉得已不可能捞到油水想赶紧离开这个是非之地的章科亮刚挪动脚步,郑处长一声"你回来"的吆喝把他定在了原地,过了一会儿后,觉得躲不过去的他才拖着沉重的脚步站到郑处长的跟前。

"你是章科亮?"

"哦哦!"

"你是不是想当我们的客人到我们那儿去坐坐啊?"

"啊?不是不是!"

"不是?不是你这是干什么?唵?"

"我——我也是一时糊涂。"

"你糊涂啥?唵?我看你是想侵吞别人的资产,一夜暴富哩!"

"不是不是！"

"什么不是？要想人不知除非己莫为。你以为你耍的那些小聪明我们不知道？在这儿我奉劝你，要想发家致富就自己好好干，不要耍那些鬼伎俩，否则的话，监狱的大门就是为你开的！"郑处长说着把章科亮"教育"了一通后才让他离去。

"活该！这样的人就应该狠狠惩罚他们，把他们都抓起来才对哩！"酒足饭饱后的许宝财一边帮着收拾桌子上的盘碟碗筷，一边发泄着自己的不平。

"就是！为啥要把他们放了呢？"给姜林松倒茶水的宋初生也有点不解。

"这个倒是郑处长给我解释来。他说虽然章科亮抢了仓库，可是仓库里的东西并没有离开厂区，只不过是挪腾了一个地方。"姜林松解释道："如果按他的动机来讲可以拘留他，可是拘留了他也不好处理。"

"这倒怪啦！他抢了别人的东西还不好处理！"有点不服气的许宝财问："这是什么逻辑？"

"呵呵呵，你问的好！这个当时候我也不理解。"姜林松笑着说："后来郑处长给我一说里边的玄机，我才明白了，也服了郑处长。"

"他是怎么说的？"许宝财急急地问。

"郑处长说，章科亮是厂里的副厂长，按当时的情况来看，厂长不在，副厂长有权处理厂里的工作。"姜林松冒了口烟雾说："如果把他抓了的话,他肯定会这么说,快过年啦! 我是副厂长,我觉得那个仓库和保管员都不保险,我想换个地方了更安全一些,等厂长回来了我再把钥匙交给他。"

"狡辩!"宋初生插了句。

"人家这不是狡辩,是有备而来。"姜林松缓缓道："包括我这次去了后他带人赶到厂里也是这个道理。因为初生走了后,那个看门的也走啦! 新来的那个又不认识我,他要说是去保护仓库也不是没有道理,毕竟还不算形成事实嘛!"

"唉! 可惜啦!"宋初生吁了口气。

"恶有恶报,善有善报;不是不报,时候未到。"许宝财把身旁的椅子挪了一下后坐下来说："你不用可惜,像他这种人要是不改的话,迟早会成了号子里面的人。"

"那你的厂子呢? 还开不开啦?"宋初生问。

"不开啦!"姜林松有点伤感地说："柳书记劝我不要走,章科亮也给我道歉说好话不想让我走! 说实话,我也有点舍不得,毕竟是自己创出来的厂子,效益也不错。可是出了这样的人、这样的事儿,我咋干呢? 再说这种见利眼开的小人也不能打交道。所以我想来想去还是把东西该拿的拿走,该卖的卖了,不干啦!"

"姜厂长,你不干的话岂不亏啦?"感到惋惜的宋初生问。

"亏就亏吧!"姜林松宽慰地说："钱财这个东西嘛! 身外之物。该来的时候就让它来,该走的时候就叫它走! 来了的未必是好事，走了的未必是坏事。佛家有云：舍得舍得，有舍有得，大舍大得。欲求有得，先学施舍。万事万物皆会在'舍得'之中成就自身。我觉得做人就是这样，该舍的一定要舍，千万不能吝惜。你看那壁虎，它如果不舍弃自己的尾巴，就不能在危难中保全自己。"

"姜厂长你这话不错！人生其实就是一舍一得的转换过程。"宋初生说着有点感慨了："居里夫人舍弃了安逸的生活钻研科学得到了镭；后来她又舍弃了镭给她带来的巨大财富，得到了世人的钦佩和赞颂。文天祥舍弃功名利禄和生命，留下'人生自古谁无死，留取丹心照汗青。'的千古绝唱。这些人虽然舍弃荣华富贵及其宝贵的生命，但得到了道德境界的超越和人生价值的升华。"

"呵呵呵……想不到姜老板的一个舍得能引出这么深奥的玄机来！"许宝财笑着说："看来我也只有舍得，才能达到人人为我、我为人人的境界了！"

"那当然啦！"姜林松看着许宝财说："小许你不要笑，这舍得其实就是精神和物质的交流，也是人情和礼节的一种表达。你要是真能做到'舍得'的话，你以后的人生肯定会绚丽精彩的！"

"这太难啦！"许宝财自嘲地笑了下说："咱们这一般人了恐怕是一辈子也很难做到！"

"所以人们就感念雷锋精神哩！"姜林松点了头说："人做

一件好事并不难,难的是一辈子做好事。说起来雷锋做好事也是舍弃了自己的休息时间,从一点一滴、一件两件做起来的。要是人们都能像雷锋那样大公无私为别人着想的话,你说咱们这世界该有多好呢!"

"要都是那样的话,你的那个故事就不会发生啦!"许宝财凑了句。

"那当然啰!"姜林松应着说:"人要是到了那个境界的话就不会有私欲,章科亮也就不会去抢仓库,我也不会走到这一步。"

"不错!"许宝财笑着说:"不过咱们这人了都有一个惯性,说别人容易说自己难。平常指点别人了都是头头是道,一旦轮到自己就不是那么回事了。这也包括我在内,所以我觉得凡事都应该从我开始。"

"嗯!有道理!"姜林松夸了句后转移了话题:"小宋,你今年有啥打算?"

"这我还没有想好呢!"还沉浸在舍得话题中宋初生忙应了句:"反正扬平是不能去了。"

"嗯!那个地方了是不适应咱们。"姜林松自责地说:"说起来这也怪我,是我不小心连累了你!"

"这怎么能怪你呢?姜厂长你快不敢那样说。"宋初生笑着说:"碰上那样的人咱们谁也没办法。对我来说,这样也好!最起码增加了我的阅历,对社会上形形色色的人有了一个初步的认知。"

"呵呵呵……小宋你能这么看问题就好！我现在也想开啦！能拿钱买上一个教训也不是什么坏事儿！"姜林松眉开眼笑地说着起身从自己的老板包里拿出一个装有三千元现金的信封向宋初生递去。

"小宋你拿着。"

"姜厂长你这是干什么？"不明就里的宋初生问。

"你看你这次为老哥这事儿东奔西忙的花了不少。"姜林松见宋初生不接，便往前跨了一步拽住他的一只手把信封放到了他的手中说："我呢没多有少的给你补偿一下，也算是我的一点心意！"

"姜厂长你太客气啦！这钱我不能要！"宋初生说着把信封硬塞到姜林松的上衣口袋里。

"怎么？你是嫌少还是看不起我？"姜林松生气地问。

"都不是！我觉得咱们之间要是这样的话就没意思啦！"宋初生笑着说。

"那怎样就有意思啦？"拉下脸的姜林松掏出信封递到宋初生的胸前说："快拿着吧！我说过，这是我的心意，你必须收下。否则的话，你就是不给我面子，咱们以后也不能打交道了。"

"这——"宋初生往后缩了下手，他觉得还是不应该拿这钱。

"你啰嗦啥呢？姜厂长既然诚心给你，你拿着就对啦！"许宝财打劝道："山不转水转，等以后你们有机会再见面的时候,你好好补报一下姜厂长不就行啦！"

"哎……这话了我爱听！小宋听话,快拿着吧！"姜林松说着拉起宋初生的手把信封给了他。

"姜厂长,真不好意思！"宋初生见拗不过去,只好腼腆地笑了下后把接过来的信封放在身旁的炕沿上。

"这就对啦！"姜林松满意地笑着拿上自己的老板包说："酒足饭饱人起身。小宋小许,我要回去了！你们要是乐意的话,可以到我那儿去干！什么时候去都行,我都欢迎你们！"

"住几天再走吧！姜厂长,捎的看看我们的冀郭塔！"宋初生挽留着。

"就是！顺便逛逛我们那平遥古城。"许宝财也凑合着。

"不行啊！我出来不少日子啦！家里一摊子事儿不要说,就这事儿家里头还惦念着哩！咱们下次吧！下次有机会的时候我一定来！"姜林松说着在众人的簇拥下带上宋初生送给他的一箱汾酒出了院门,坐上许宝财的摩托向县城驰去。

会干的庄户人

清明前后,种瓜点豆。

在清明到谷雨前后近一个月的春播生产的黄金时间里,平遥这块区域种地的农民们都会出现在田间地头。他们有的在施肥耕地整地,有的在引水浇地。春绿露头的田野上,随处可见三三两两的干活农民。

这时,在家里待了好几个月的有点厌倦打工生活的宋初生开始闲不住了,他每天拿着铁刮铁锹等一些农具和父亲早出晚归,在耕好的田里劳作。伺候土坷垃的营生看起来都是体力劳动的粗活计,但真正要动手干起来的时候,你就会感到施肥耕地、整堰分畦、耙地刮垄、下种深浅、土干土湿等每一个环节的活计都不是那么简单, 都会有一定的技术含量。好在宋初生对这些活计并不陌生,在他上学休息的星期天或学校放假帮家里干活时,父母的熏陶已使他掌握了不少的要领。这些要领现在对他来说虽然是手到擒来,但在一旁的父亲还是免不了要指指点点:"孩儿,这畦畦的东边高啦,你得耙平。哎,对啦对啦!""孩儿,这个垄子要刮直。中间稍微靠了些儿西,哎,对啦对啦! 就是这! "

田里的活计粗中有细,父亲的每一次指点宋初生都欣然接受。但在种粮种菜的问题上,父子俩还是有了一点小小的争执。

种庄稼的人有一个习惯,每年的正月一过,处于丘陵地带的田边地角相连相邻的一些庄稼汉子们就会三三两两地聚在一起,相互打听商量着种啥庄稼。一般情况下,在一块大田里左右地邻家基本上是一家看一家, 如果有一家种上玉米,另外两家也会跟着种上玉米,以便在浇地、耕地等田间劳作管理上好做照应。在这方面,有点传统保守的宋显勋就是其中的一员。他觉得种玉米小麦高粱谷子这些作物虽然收入不下几个钱儿,但种这些作物比较靠谱,也谈不上多少风险。只要人勤快老天不打搅,一年下来全家人的温饱还是没多大问题。

但在家看了几个月《蔬菜种植技术》和《蔬菜栽培实用技术》书的宋初生觉得,种粮食的效益远远比不上种菜。按当时的价格计算,一亩玉米收下来不过千元,而种菜的话起码一亩地至少能收入三四千元。当他在一次吃午饭时把自己的这一想法告诉父亲后,立刻遭到了父亲的反对。

"甚哩?你想种菜?"端着一碗刀削面的宋显勋抬眼看了看儿子说:"种菜那可不是瞎耍的活计,你说你一个刚从学校出来没啦几天的孩儿，你凭甚种哩？”

“我凭我的知识。”宋初生不服气地说："这种菜方面的书我专门学了学，我觉见这菜是经济作物，咱们种下来肯定比粮食强！”

“你咋地知道强哩？”

“我有几个岳壁的同学，人家眷舍都是种菜的，人家的地也不多，可是每年下来都是收入好几万哩！你说这种菜厉害不厉害？”

“那还用说哩！人家岳壁的人是精耕细作，回茬套种，那种菜技术不止在咱们全县一流，就是在全省也能数上号儿。”

“爸你既然都知道，你说咱们就不能向人家学习学习？”

“你说咋学哩？孩儿！人家离城近，一抬腿就是城里，那菜也好卖，这地理优势咱们就不能和人家比。再说咱们这儿的地大部分在半山坡儿，除了胡萝卜、白菜、山药蛋和点种些瓜儿豆角外，你看咱们这儿的人有谁正儿八经地种过菜哩？”

“爸，这就是咱们的优势。他们不种咱种，这情况种出来也好卖。”

“好卖也不行！”

“因为甚不行哩？”

“因为俺孩你没啦种过菜，也不会种菜。”

“不会可以学！再说这种菜也不是甚的些难事情。”

“甚不是难事情哩？俺孩快不敢在这儿瞎吹，这可不是心血来潮瞎耍的事情。"

"爸你也是，这事情我还敢瞎耍。你不看我买下的书，都是种菜的。里面的门门道道我钻研了几个月啦！只要咱们依据人家这科学，肯定错不了。"

"哼！蚊子叼秤砣——好大的口气。不用说俺孩才钻了几个月，就是和土坷垃打了一辈子交道的我也不敢说这话！"

"你看你这人也是老脑筋，说话也不看看是甚的年代。现在的人都精啦！甚能和咱们这个年纪的人比哩？"坐在小凳子上吃饭，有点不满丈夫话的李秀珍把票投给了儿子："孩儿有文化有胆略，他想闯闯咱们就应该叫闯闯，现在人家靠种地挣了的人也多哩！我觉见孩儿的想法了对的哩！"

"我还不知道是对的？可是他刚学种地，你说这地要叫孩儿种的话你能歇心？"宋显勋见老婆支持儿子，他的口气开始有点软了。

"死脑筋！不歇心的话你不会指点指点？"李秀珍看着丈夫说："种菜又亏不了，咱们也不要种多的，你先叫孩儿种上一半亩试销试销，要是闹好的话，说不定还真能挣两个。"

"就是！这菜是经济作物，来钱儿也快！爸你就叫我种上两三亩哇！我保证叫咱们这地儿的收入翻两三倍。"见母亲支持自己的宋初生来劲儿了。

"两三亩？那不行！"对儿子经商能力持有怀疑态度的宋显勋说："这种菜和做买卖差不多，种的多了我还怕你卖不了哩！"

"咋地还能卖不了哩？"宋初生信心十足地说："咱们这片儿都缺菜，我走村串户的卖，肯定没问题！"

"你说的那是少量的。"有点不放心的宋显勋问："要是地儿的菜都成了，这大批量的菜急等的要卖哩！你说碰到这情况你咋办哩？"

"那我就拉到菜市场批发的。"好像有点了解市场的宋初生随口道："城里人的需求量更大，那宾馆饭店一车菜拉到菜市场用不了两个小时就批发出的啦！"

"唉——"听儿子说的有榜有眼，不想让儿子伺候土坷垃的宋显勋长长地吁了口气，算是对儿子想法的一种默许。在宋显勋的这种默许里，既有他刚发现儿子真正长大成熟后的欣慰，也有他在朝气活力面前感到自己年迈对新人新事新追求固执保守力不从心的悲催。这时候的他才觉得自己是老啦，该放手让儿子去闯一闯啦！

一年之计在于春。

有了父亲的许诺，宋初生便放心大胆地按照自己的盘算在田里播种开自己的希望。他先是种半亩西瓜和一亩棉花，随后又种上了半亩菠菜（平遥人叫荠菜）和半亩西红柿，并在玉米田里点种上豆角和西葫芦。

对农田活儿来说，种菜和种棉花都是比较费工的活计。从整地下种、间苗锄草、施肥浇水、打杈压蔓、插绑架杆、绑蔓上杆和防治虫害等一个接一个的繁琐工序下来,把宋初生累的就像脱胎换骨一样难受。田里的活计就是这样,虽然每一道工序有每一道工序的难受劲儿,但在父亲的指点帮忙下,每一道工序下来总会让人看到绿色生命的旺盛和希望就在眼前。

有希望就有收获,有收获就有快乐。宋初生在忙碌中踏入五月的门槛后,他看着自己种的菠菜已长了有八九寸高了,便叫上父亲到菜地给他参谋。这时候的宋显勋蹲在地头看着菠菜的长势,脸上漾出了满意的微笑。

"孩儿,这菜足行啦!"宋显勋提醒儿子说:"俺孩得赶紧卖哩!"

"我也是觉见差不多啦!明天一大早我就来起菜。"宋初生很干脆地说:"咱们就卖上它两筐子。"

"两筐子还能行?"宋显勋站起来估摸了一下产量说:"这疙瘩地里面起码能收两千来斤菜。"

"两千来斤?"有点惊喜的宋初生说:"要照这产量的话,咱们这半亩地要是卖好的话,能卖八九百上千块。"

"卖菜都是个赶早不赶晚的事情,咱们这要是赶的好了的话,我估计了应该差不多。只是咱们成天钻到这个地儿,也不知道这阵阵这菜价咋说?"

"这还不好说,明天早晨我就带上菜去城里打探一下,要是可以的话,我就多跑两回回。"

　　宋初生说干就干。他回家先找好绳子筐子，接着把自行车检修了一遍后，拿气筒把车子前后轮胎的气充足。当第二天一大早，太阳刚从东山边露出一点头时，骑着自行车驮着两大筐菜的宋初生已到了城区的农贸市场。

　　农贸市场的人很多，叫卖声也此起彼伏。人穿行在里面随处可见摆在地上、架子上、木板上、塑料布上和平车上、三轮车上的大小摊子，这些摊子上有猪肉牛肉、豆腐豆干、豆皮豆筋、木耳蘑菇、调料米面、青椒洋葱、芫荽小葱和水产品等，还有一些摊子上摆着从外地大棚进来的蒜薹西葫芦、韭菜芹菜、油菜茴香苗、香椿芽等七八种鲜菜。宋初生鲜嫩的菠菜刚一露面，几个菜贩子和六七个买菜的居民就围上来打问价钱。一位菜贩子把宋初生拉到一旁谈了半天价格后，嫌零卖麻烦的宋初生便把两筐子菜卖给了他。

　　种菜的第一单生意做得顺利卖得不错，宋初生感到开心，他父母亲也很开心。宋显勋叮嘱儿子要多跑几趟城里，其实初战告捷的宋初生不用父亲说也想多跑几趟城里。他这样往农贸市场连着跑了有六七天后，市面上的菠菜渐渐多了起来。宋初生见市场菠菜价格开始下降，便把目光投向了一些缺少鲜菜的村庄。

　　四、五月份是蔬菜的淡季。在二十世纪九十年代，这个县域丘陵地带的不少村庄一般都见不到新鲜的蔬菜，不少的农家在这个时节还变着花样把胡萝卜、白菜、山药蛋几样越冬菜当做新鲜菜来吃。当然,这也不是耗费心机的他们不想换换口味吃上一点新鲜蔬菜,而是离城较远买不到新鲜蔬菜。再说地理条件的限制和传统观念的守恒,使这些区域的农家除越冬菜外,一般不会打种蔬菜的主意。所以当宋初生带着两筐菜来到这些村庄叫喊着转悠时,他的这些菜毫无疑问地变成了村民们的抢手货。

昼出耘田夜绩麻,村庄儿女各当家。童孙未解供耕织,也傍桑阴学种瓜。第一次种菠菜获益的宋初生觉得自己这些天来的日子就像这首诗描述的一样,每天都在农田劳作,每天都在为自己劳动果实的出手奔忙。虽然有老父亲的帮忙,但在事实上自己已成了这几块地的主宰和弟弟妹妹的样榜。如果自己今年试种的菜收获可以,不但可以给自己闯出一条生财之路,而且还可以有足够的钱来供弟妹上学。对农村的孩子来说,上大学是走出农村、走出这块土地的一条比较体面的出路,他不想让弟妹步自己的后尘。

夏季的早晨略带着一丝清凉。在地里起了两筐菜的宋初生蹬着自行车沿二七三公路朝南走了几里地后拐进了紧邻公路的庞庄村。庞庄是个比较大一点的村子,宋初生村里的大街小巷转了一圈后,他筐里的菠菜已卖的差几斤就看见筐底了。他看看时间已近中午,便想着"打道回府",待过了晌午后再去菜地给西红柿打杈。就在他把秤放在筐里推着车子正要走时,身后一个抱着孩子的少妇喊了一声他的名字走了过来。

"咋地？"少妇笑嘻嘻地看着转过身来打量她的宋初生问："认不得啦？"

"嗨！想起来啦！你是咱们的班花于……海……萍！"宋初生微笑着问："我记得你房不是在于庄哩？咋地跑到这儿来啦？"

"我嫁到这儿啦！"于海萍有点羞涩地说："去年过来的！"

"你这速度倒是可以！"宋初生呵呵笑了声说："学校一毕业就成家结婚，是不是自搞的？"

"哪儿哩！咱们还能有了那本事？"于海萍不好意思地说："人家介绍下的！"

"我还有些儿瞧奇！在咱们班儿的时候就没啦听说过你有这故事。"宋初生看了一眼于海萍怀里的孩子问："这是你的孩儿？"

"废话！"于海萍笑了声说："不是我的还能到了我怀儿？"

"那谁知道哩？像你这个年龄给人瞧孩儿的有的是。"

"说这了我也没办法，本来我也想出的打工干上几年了再说这个事情来，可是大人们成天箍逼的不行！时间长了，我也就认啦！"于海萍叹了口气说："咱一个女人吭！嫁人吃饭，迟早都一样，就是这一码子事情。"

"你要是这样样想的话也对！驸马爷做甚哩？"

"一个烂泥瓦匠吭！是甚的些驸马爷哩？"于海萍有点黯然

地说：“咱这是有奈的无奈，西瓜皮腌的吃了咸菜。说起来还要叫人家笑死哩！”

“人家谁笑哩！你快不用多想啦！”宋初生安慰她说：“咱们这农村的姑娘都是个这，一到二十大人们就着急上啦！”

“可能是哇！这也许就是咱农村姑娘的命！”有点认命的于海萍看了眼怀中的孩子说：“咱这一辈子了就是个这啦！有了这个孩儿嘟更是！你哩？”

“我没啥说头，每天就是这个样子。卖菜种菜，种菜卖菜。”

“对象哩？”

“咱一个受苦人还敢说对象！再说咱这年龄也不是说对象的时候。”

“这还敢说时候？把自家住的地方准备好，有合适的赶紧找就对啦！不敢等的！”

“这敢不敢可由不了咱！”宋初生笑了声说：“以咱这条件恐怕还达不到女同胞的要求哩！”

“嘻嘻嘻……老同学，你也不看看这是甚的年代？你不敢迷信那些东西。再说条件是可以改变的！人家说家有梧桐树引得凤凰来。俺们女人其实主要是要的个安安稳稳的住处，你要是盖起三五眼窑洞的话，我就不相信没人跟你！”

“呵呵呵……我就知道你是这话！”

“知道还不赶紧去修的！你要是叫咱们那个同学等的着了急的话，你就麻烦啦！”

"呵呵呵……哪个同学哩？咋地我就不知道哩？"

"你快不用给我装糊涂啦！我实话给你说哇！贾莲是我女婿家的一个亲戚，前两天还来俺房坐了一会儿。要是按辈儿排的话，她还得叫我嫂子哩！"

于海萍说的贾莲是贾庄人，离冀郭村有十来里路。贾莲在高中时就对宋初生颇有好感，在高中毕业后，两人有过几次来往，但碍于贾莲父母嫌贫爱富的反对，两人的事儿便在断断续续中搁在了一旁。

"唉！看来这地球是太小啦！"不想提这事儿的又觉得太巧的宋初生说："想不到这转来转去的你两个能成了亲戚！"

"这有甚瞧奇的哩？你不用在这儿给我感叹！赶紧回的拾闹你的住处是正经。孩儿瞌睡啦！那一排子第二家就是俺房，有空空了过来哇！"于海萍说完后抱着孩子向家里走去。

黄土铺垫的街道响着女人高跟鞋踩在地上沉闷的"啪嗒"声。宋初生望着她的背影感慨万千：想不到毕业后才一年多，同学们就你东我西，上学的上学、打工的打工，但这么快结婚的他还是第一次见。看来这个农村姑娘的命运就是不济，也许找个殷实的家庭生儿育女转锅台就是她这一生的归宿。

人这一生就是这样，自己如果不去主宰命运的话，命运就会来主宰自己。

和于海萍的相遇给了宋初生一种启迪。在回去的路上，宋初生一边骑车一边想：看来自己不能光谋种菜、卖菜这一种营生，单靠这一种营生只能解决夏秋两季的活计，在冬春两个季节里自己依然没有活计可干。如果这样的话，自己不但要坐吃山空立地吃陷，而且想振兴家业的愿望也会成为泡影。可是干什么好呢？什么样的活计才能适合自己呢？宋初生想来想去想到了做豆腐，他觉得做豆腐虽然利小，但适合市场的需求，投资也不大，完全适合自己现在的情况。

说来宋初生的运气也非常好。就在他谋划好做豆腐看了有一个多月有关做豆腐的科普书后，村里一家开豆腐坊的村民不想干了，他听说宋初生想做豆腐，便找上门来问宋初生要不要他那些做豆腐的器具，正发愁一时找不到这些东西的宋初生一听喜出望外，毫不犹豫地跟着那个村民用平车把石磨、簸箕、筛子、大锅和压榨具等一些用具拉到了自家院里。

在院子里蹲着磨镰刀的宋显勋见儿子叽里咕噜地拉回一大堆东西，忙停下手头的活计问："你那是些甚东西哩？乱七八糟的！"

"做豆腐的一些东西！"宋初生弯下腰把车辕轻轻放在地上直起身来说："咱村儿做豆腐的二飞不干啦！这东西人家也不要啦！我给了人家二十块钱就都收拾回来啦！"

"你收拾回来做甚哩？"

"做豆腐！要不了这冬天就没做的！"

"做豆腐可是个技术活，你会做？"

"会！我这段时间抽空空学了学,估计了没甚大问题。"

"这俺孩可是不敢瞎估计,一瓮瓮豆子泡的里面可不是瞎耍哩！"

"爸,这你不用怕！二飞应承下指点我啦！"

"要是这的话还可以！不过这做豆腐需要人手,到时候我怕你一个人忙不过来哩！"

"爸,这你也不用怕！我早就盘算好啦！初红马上就毕业啦！要是考上了就去上的;要是考不上的话,俺弟兄们就开豆腐坊做豆腐！"

"嗯！做豆腐倒是个好营生,俺孩好好做哇!初红万一要是考上的话,爸给俺孩搭把手！"

有了儿子种菜成功的范例,宋显勋的心里不仅取消了给儿子封下的那个"学生娃"的番号,就是对儿子的这次抉择也显得格外支持。口说不如成果,心动不如行动。这或许不仅体现在一个家庭中是这样,就是体现在一个单位和社会上也都是这样。要想赢得别人的尊重和支持,自己必须拿实力实话,拿成果说话！

秋季的魅力在于成果。这时候的庄稼虽然有些老态龙钟,但扬在头上、挂在脖前挺在胸脯的沉甸甸的果实使人感到一种丰神飘洒的成熟美。这时候,高中毕业回来的宋初红也加入到这支农家小队伍的行列。宋初生虽然对弟弟的落榜感到有点儿惋惜,但弟弟的入列却使他有了一种如虎添翼的力量。刚涉足农活的宋初红除了每天跟着父亲和二哥在田里摘了西红柿摘棉花、收割了谷子收玉米外,还跟着二哥走村串户的卖了几次菜。待秋罢后,宋初生看看地里棉花已不多了,估摸父亲一个人也能扫了尾。他便和弟弟在棚房里竖起大缸垒好灶台放好大锅安装上石磨,开始了弟兄两个的做豆腐营生。

做豆腐看似简单,但工艺流程比较复杂,要经过选豆、泡涨、磨糊、榨浆、过滤、煮浆、点卤、压制等十来个环节。宋初生和弟弟把买回来的黄豆称出一些来用簸箕扬去秕杂、用筛子筛去尘土、用清水清洗干净后浸泡在了大缸里,待泡得黄豆皮脱出来后,弟兄俩一个推磨一个用勺子往磨眼里加黄豆加水。

"二哥,你说咱们这做下的豆腐能不能卖了?"往魔眼里加黄豆的宋初红问。

"能!"一步一步推着石磨转圈的宋初生嘴里很干脆地蹦出了一个字。

"这咋能哩?"宋初红有点担心地说:"咱们这毕竟是第一次,要是村里的人不认可就麻烦啦!"

"麻烦甚哩?"宋初生瞥了弟弟一眼说:"这个问题我早就想过。今日这第一板豆腐出来了咱先吃,要是可以的话咱们就分两步走,村里给左邻右舍和亲朋好友送上些;外村儿哩咱们就直接去卖的,称的时候不要哄骗人,叫人家高梢些儿

（平遥方言，分量多一些）。咱们要是能做到这的话，我估计就差不多。"

"哎！俺孩们能这样做就对啦！"在门口劈完木柴进来看火的宋显勋接过话头说："善者善之，不善者亦善之；德善也。信者信之，不信者亦信之；德信也。这是你奶奶经常给俺孩们说的话，虽然你奶奶没了有一段时间啦！可是她的话就是咱们家的祖训，俺孩们一定要记住！"

"知道啦！爸爸！"宋初红随口说："知恩图报，诚信德善。这也是奶奶常说的话。"

"俺孩们知道就好！"宋显勋拉开火盖往灶里填了半锹煤说："这是咱们做人的信条，俺孩们要是能做到的话，将来肯定会受用无穷。"

父子三人聊着忙乎了一阵后，锅里的豆浆开了，宋初生用勺子把豆浆面上的沫子舀尽点上卤水，豆浆立马就凝结成豆腐脑儿，这些豆腐脑儿被宋初生用铁瓢舀进四个方木框内盖上木盖压住就变成了鲜嫩柔软的豆腐。

第二天早上，宋初生切了一块豆腐和全家人炒的吃了一盘后见大家都说可以，便叫父母亲把两板豆腐切好送给乡亲们尝尝。自己和弟弟一个自行车上带上豆腐，另一个自行车上绑上筐子出了村子。他想等卖完豆腐后，顺便买几头小猪回来，以解决每次做完豆腐后的豆渣。

从此开始，做豆腐卖豆腐和养猪便成了宋初生和弟弟两人的正式营当。一个冬季和春季过去后，宋初生盘算了一下手里的钱可以修盖几眼新窑洞了，便和父亲商量起修建窑洞的事儿来。

"爸，你看咱们那块地皮也放了好几年啦！我想在上面盖几眼窑洞，你看行不行？"

"这还有甚不行哩？俺孩谋下做甚就做哇！咱房的人都支持你！"

一听儿子要修窑洞，宋显勋的心里立马涌出一股说不出的兴奋。在农村来说，修房盖屋是一个家庭荣耀的象征。谁家要能修好房盖好屋，就代表这家的儿女们有出息，老人们走在街上也会神采飞扬。

此时的宋显勋就是这样。他觉得自己含辛茹苦了一辈子也没能住上新窑洞，一家十二口人在两眼半祖传下来的旧窑洞里一待就是几十年。虽说没有租住过别人的房屋，不用矮人一头，但那窄小拥挤的空间还是让他在儿女和众乡亲面前有一种自责羞怯感。好在二小子争气，能在他过了花甲后看到自家盖新窑的热闹场面，使他的心中有了住上新窑能和别人一样的喜悦。

宋初生家的地皮在一块离村子地面有四五米高的圪塄上。

兴致勃勃的宋显勋和儿子在上面来回转了几圈后有点犯愁地说："咱们这是到了圪塄上啦！光平的倒这疙瘩土就跌

下钱儿啦！你说这还能修盖？"

"能！"胸有成竹的宋初生很爽快地说："这我早就考虑的不考虑啦！咱们寻人花钱儿拉的倒土不如咱自家用土划算。"

"自家用土？咱们自家还能用了这些些土？俺孩你咋地回用哩？"

"开砖窑！"

"这还能开砖窑？咋地回开哩？"

"咱们这地势高，我计划了是先挖一个能烧万数来砖的小窑儿，这周围的土哩都打成砖坯子，等这些坯子烧出来了咱们留下自家用的，剩下的都卖了。你说哩？"

"嗯！俺孩这办法好！一举两得，既省下倒土的钱儿又挣的修盖下窑儿。我看了行！不过这又得俺孩们遭罪哩！"

"这不怕！无非是俺弟兄们多费些力气就有啦！"宋初生瞅着脚下的这块土塄说着眼睛明亮起来，仿佛那青砖的新窑已耸立在眼前。

好男不下坑（煤窑），好汉不打坯。

在农村说来，无论是掏窑（掏挖烧砖的窑）还是打砖坯，都是特别辛苦的含有一定技巧和程序的重体力劳动。宋初生找他姐姐借了四百元钱先买了一个水泵，又叫人做了四个打砖坯用的三斗模具和专门翻泥用的铁锹。待这些必需的工具准备妥当后，便挑了个吉日和弟弟用了一个多月的时间依托圪塄的地势掏挖好一个能容纳八九千砖坯的烧砖窑，然后在烧砖窑的一旁打了一口十来米深的井,以供打砖坯使用。

打砖坯分拉土、滤土、泡泥、和泥、盖泥、养泥、踩泥、翻泥、打坯、晒坯、翻坯、整形、码坯等十几道程序。按砖厂打砖坯的规矩来讲,打砖坯的泥必须在傍晚时和好,待养到第二天早上经过踩泥翻泥后才能成为打砖坯的泥。

夏天的庄稼泛青绿,砖厂周边有几户人家的小麦已冒了一尺多高。宋初生和弟弟蹲在泥堆跟前,双手指尖对拢,从泥堆上刮下比一块砖坯多的泥,在铺有细土沙的一小块地上滚成一个和砖差不多大小的长圆形,两手把泥托举到一尺多高后用劲甩到模具斗子中,并用手把模具斗子里的泥按实用刮板把多余的泥刮甩到泥堆上。这样反复三次把整个模具填满后,弟兄两个一前一后端着斗子把成型的砖坯扣在已经平整好的空地上。随后他们两手轻轻提起斗子又回到了泥堆前重复前面的程序。

打砖坯的活计基本上没有停歇。干了六七个小时的宋初生看看一大堆的泥都变成了躺在地上的砖坯,便招呼坐在地上休息了一会儿的弟弟把砖坯立起来继续风干。

"二哥,是不是这干上阵阵咱们就完成任务啦?"没见过、也没干过这活计的宋初红问。

"不行哩!这还有整形和码坯子两道工序哩!"宋初生看着有点疲惫的弟弟说:"这完了咱们再拉上些土泡上泥,你往这地下洒上些水就先回哇!我等洗好斗子翻上遍泥了再回。"

"我也不想回哩！还是等咱们一起完了再回哇！"不想让二哥一个人受累的宋初红说着抖擞精神干了起来。

一个月后，这个小砖厂的空地上已存下三万多块码的整整齐齐的干砖坯。请教过师傅的宋初生和弟弟暂停下打砖坯的活计，用了有五六天的时间把八九千块干砖坯背到烧砖窑里按大盘龙道小盘龙道的码好，待把窑顶窑口封好后，他的烧砖窑冒出了十几道白烟。

烧窑的活计和打砖坯背砖坯比起来虽然轻松了不少，但每天的烟熏火烤还是让人感到难受。如果按温度来讲，窑火壁前的温度起码有一千多摄氏度。宋初生和弟弟每撩一次炉渣加添一次煤和掏的倒一次炉灰后，身上的衣服都会被汗水浸湿再被窑火烤干。几天下来，汗渍灰尘炙热会把人扮成一个黄黑叠加的小老头儿。好在烧一窑砖的时间不到一个星期，如果要是时间再长或者天天如此的话，一般人恐怕是受不了，也坚持不下来。

这时候的宋显勋老两口子的心里也比较着急。儿子这第一窑砖能不能烧好呢？老两口带着疑问每天给孩子们做饭送饭，有时也会帮他们打理一下砖厂的一些琐碎活计。待到封炉熄火用水从窑顶洇到窑底把烧砖窑内的热气逼散的差不多可以出窑时，看到一块块靛青中泛白的成砖从眼前飘过码在砖厂的空地上后，老两口子揪了好长时间的心才在心满意足中松了下来。

"宋初生的砖烧成了！"

这在当时候的冀郭村来说，也算是一个比较轰动的新闻。村里有几家准备修盖窑洞的村民看到宋初生烧出来的砖质量不错，当即就把他整窑的砖全部买走。有的还给他交了预定款，要宋初生给他们专门烧几窑砖。这样时间长了，宋初生烧下的砖在周边邻村也渐渐有了名气。邻村和远至襄垣、上旺村的一些村民都赶来买他的砖。他说这砖根本不够卖，连本村的人用也供不上。但那些村民却不行，说我先交钱定购还不行？宋初生看看没办法只好应允了他们，并找了几名工人，以加快生产的进度。

一年多后，开砖厂赚了五六千元的、瘦了一圈的宋初生找了几位泥瓦匠，用自己烧出来的砖如愿以偿地盖起了新窑。

宋初生(右)搞蔬菜试验田

大连——我来啦

天下没有不为儿女们操心的父母。看着儿子盖起新窑后，满心欢喜了一段时间的觉得有了一个安家之所的二小子应该成家的宋显勋和李秀珍便开始对宋初生的婚事操上了心，并瞅了个早饭的工夫催他去贾庄跑一趟。

"孩儿，你今日计划做甚哩？"宋显勋一边吃饭一边瞅着宋初生问。

"去新院儿看看，该收拾的我再收拾一下。"

"一个收拾吭！着急甚哩？捎的就做啦！俺孩今日不用去啦！"

"咋地不用去哩？"觉得有点奇怪的宋初生问："爸你是不是有事情哩？"

"有哩不是俺们的事情！"端着一碗米汤的李秀珍插口道："你说俺孩也年龄不小啦！自家的事情也该动静啦！"

"就是！以前了咱没地方住，说不出嘴的！"宋显勋接过话头说："现在咱盖起窑洞啦！俺孩就去贾庄跑跑的哇！"

"去做甚的哩？"觉得已和贾莲不可能的宋初生说："去了也是白去！"

"咋地还能白去哩？"宋初红不解地问。

"人家不愿意！你说咱去了还不是白去？"宋初生说着朝弟弟笑了笑。

"你说的那是以前，人家嫌咱没住处哩！现在咱修下啦！俺孩还是去碰碰的哇！"宋显勋坚持着。

"爸你不知道，人家那是借口。其实不止是嫌咱这！"宋初生提醒着父亲。

"孩们结婚谁家不是要的一个住处哩？"一下有点转不过弯来的宋显勋问着："你说人家不止是这还能嫌咱甚哩？"

"嫌咱房穷哩！"见父亲打破沙锅问到底的宋初生在无奈中只好道出了实情。

"唉——"宋显勋一听是这情况，他叹了口气后不吱声了。虽然他知道"贫穷不是过错"的道理，也知道一些农村婚俗的框框套套，但是他想不明白现在的一些人为什么非要拿这些世俗来衡量所谓崇高至上的婚姻爱情呢？这些人为什么就不能像他们那个年代那样注重人品，看好一个人就能无条件地在一个简朴的婚礼下过好一辈子呢？他有点想不通。

早上的阳光从天窗上慢慢往窗台上挪着。想了半天的宋显勋忽然觉得这年头想不通的事情太多啦！自己干吗要在这上面钻牛角尖儿费脑筋哩？费了也是白费，省下一点时间还不如多琢磨一下儿子们的活计实惠！

"孩儿，现在咱们的窑厂算是停啦！"端起碗喝了口米汤的宋显勋问宋初生："你下一步打算做甚哩？"

"我本来还想开砖厂来！可是砖厂太费手，也挣不下几个。再说把俺们弟兄几个都耗到这里面也不划算。"为这事儿琢磨了好几天的宋初生在头上挠了几下说："我听人们说在太原卖肉可以，我想和初红他们几个去太原开个肉铺铺，你看咋说哩？"

"按说了倒是可以，咱们平遥每天骑上车子去太原卖牛肉的人也多哩！"宋显勋有点担心地说："不过你们几个都是生手，我怕你们一时半会儿的适应不了。要我说了俺孩还不如等你大伯的信哩！我估计你大伯给你们找个做的了没问题！"

"问题是俺大伯走了成年啦也不见封信来！"觉得这事儿有点渺茫的宋初生说："估计俺大伯有难度哩！"

"俺孩不用着急，我估计再等上一二十天就来啦！"对自己长兄深信不疑的宋显勋说："你大伯那人可不是乱放空炮的人，他既然敢应承这事情，心里肯定就有把握哩！"

宋初生见父亲说的这样肯定，便不吱声了。

宋初生的大伯就是前面提到的雷增官。那年家中发生变故后，十一岁的雷增官奉母命随人去兰州投奔在那里做生意的二姨讨个生存混个肚饱。不想天不随愿造化弄人，当他千里迢迢找到自己的二姨时,他二姨开的商铺也因兵荒马乱的影响早已歇业关门,家境也过得渐渐淡落。

不知就里的雷增官把家里的惨剧和来意给二姨说了一遍,感到意外的二姨抱着外甥哭了一阵后问:"孩儿,俺孩想做甚哩?"

"二姨,我想上学。"雷增官眼巴巴地看着二姨说出了自己的打算。

"唉——现在这光景俺孩也看到啦!二姨这阵阵不用说供俺孩念书,就是连养活俺孩也困难。"二姨叹了口气流着泪说:"我看这哇!你二姨夫认的两个当兵的头儿,俺孩就先去当兵的哇!做这了不管好歹俺孩能混的吃口饱饭。要是俺孩命大,说不来还能混个一官半职。"

年幼的雷增官虽说对当兵这个词儿多少知道一些,但他对当什么样的兵和给谁当兵以及当兵就意味着流血死亡这些概念却模糊不清。那时候的他只知道母亲养活不了他把他交给了二姨,一切他只能听从二姨的安排。他并不知道二姨叫他去当兵是无奈之中的选择。

要当兵就得报年龄,虽说那时候国民党部队乱抓丁的现象屡屡发生,但以雷增官这个年龄要实打实的去报名的话,恐怕能穿上军装的概率还是很小。好在雷增官的二姨夫神通广大,一番找人运作后,雷增官很顺利地进入了队伍。

说来雷增官的运气还算不错,他在部队干了有七八年后被提拔成了一名副连长。在解放战争中他跟随进步人士加入了共产党,后来又随军起义,参加了解放军。新中国成立后,雷增官被安排到大连农行当了副行长。"文革"开始后,他又被戴上右派的帽子下放到冀郭待了有十几年。直到二十世纪八十年代平反后才恢复了职务,在大连农行管了总务。

可以讲,在城市工作的雷增官是宋显勋想让几个孩子有个前途的希望。他想让宋初生多等几天,但着急谋生的宋初生却不想等。说实话,这时候的宋初生也等不起。虽说他这几年闹腾的不错,手里多少也有了几个钱儿,但两个弟弟的先后加盟,使他感到弟兄几个都窝在农村根本没有出路。此刻的他觉得在农村无论是种菜也好,做豆腐打砖坯也罢,都挣不了几个钱儿。因此他才起了到太原卖肉的念头,他觉得也许在大都市经商才有可能和弟弟们都有所发展。

说起来命运这个无声无息、无形无状又不知道起源于那个年代的"产物"就是奇怪。就在找木匠做了几个卖肉箱子,到旧货市场买了三辆旧自行车,叫弟弟去太原租赁房子的宋初生准备启程时,一位村民给他送来了一封信。

这信就是雷增官寄来的。他在信上说大连有个工厂正招工人,叫他见信后赶紧去大连。宋初生一看很高兴,立马打消了去太原卖肉的念头,并叫在太原的弟弟赶快退了租下的房子回来。

两天后,准备妥当的宋初生、宋初红、宋初兴三兄弟和他大娘的外甥新生四个人一起带上行装向大连奔去。

大连位于东北辽东半岛南端，西北濒临渤海，东南面向黄海，与山东半岛隔海相望，与日本、韩国、朝鲜和俄罗斯远东地区相邻，是东北、华北、华东通向世界各地的海上门户，也是国内的一个集港口、贸易、工业和旅游为一体的全国14个沿海开放城市之一。

在二十世纪九十年代初期，来自日本、韩国等一些国家的外资企业和合资企业已登陆大连。按理说在工厂林立的大连，宋初生他们找个工作应该不成问题。可是当宋初生几个按信上的地址找到他大伯雷增官后，他们立马傻眼了。

平遥有句俗话叫"赶早不赶晚"。意思是无论学习还是工作，都应该抢时间早点完成，这样的话或许就有可能得到一些彩头。但这对宋初生他们这次行动来说却是"赶得早不如赶的晚"，因为他们早来了几天，雷增官给他们联系的那个厂子还没有开工。

雷增官也是个比较实在的人，他见几个孩子来得不巧一时给找不到活儿干，心里便着急起来。

"孩儿，我给你们联系的厂子也没消息，不知道甚时候才能开了。"雷增官打量着他们几个说："我的意思了是你们既然来了就不能歇的，你们先说说还会做些甚哩？"

"俺们会收烂货！"跟着二哥做过一段时间生意的宋初红随口说："我在老家和太原都见过这些人，一天跑下来也可以。"

"那你们就先做这哇！捎的熟悉熟悉大连的环境，再看看一些风景。等我和人家联系好了你们就不用做啦！"雷增官说着给他们找了一个住处，并帮他们找人借了一辆三轮车，让他们收烂货用。

大连的城市建筑比较独特。蹬着三轮车、骑着自行车叫喊着收烂货的宋初生四个人穿行在这座城市的大街小巷中，每天都会看到耸立在花木绿草中古罗马柱式建筑、欧洲的圆穹式建筑和具有俄罗斯、巴洛克、拜占庭、日本等一些国家风格的建筑。这些建筑和中国的一些古典式建筑融为一体，使宋初生他们的脑海中充满了留在这座城市的遐想。

在大城市来说，收烂货不仅辛苦，也是一种比较低等的活计。一些人瞧不起外地人的居民经常会在论价称两过程中给宋初生他们白眼，有的还辱骂他们。有一次，一个居民硬说宋初生他们称的分量不对，一股劲儿的讥讽骂着他们，血气方刚的宋初兴实在忍不住顶了几句，那个居民就火冒三丈地和宋初兴动了手脚。虽然双方在一些好心人的相劝下偃旗息鼓都没造成太大的伤害，但这件事留给他们的难以启齿的印象使宋初生久久不能忘却。好在这种日子刚过了一个月，雷增官就给他们联系好了工作。他把宋初兴和宋初红弟兄俩送到了一家服装厂上班，把宋初生和新生两个送到了大窑湾港口建设工地。

大窑湾港口建设工程是一项跨世纪、分期分步实施的大型工程，也是国内的四大国际深水港之一。建成后，可有八、九十个泊位，形成八万吨的吞吐能力，成为适应船舶大型化、大中小泊位结合的现代化、多功能、高效率的国际深水中转大港。

宋初生他们去的时候，第一期工程已经完工并投入了正常的运营。这时候施工队的主要任务还是修建轮船停靠的泊位码头，施工队长分给宋初生他们的工作就是往海边抬石头。

建码头用的石头比较规格，都是切割好的至少有七八百斤重的长方体型的大青石。宋初生他们四个人一组抬一块，一天几十块下来使宋初生感到这活计比打砖坯轻松不了多少。

对这些打工者来说，活计累点多出点力气并不可怕，可怕的是这种清苦日子的寂寞。虽然他们紧靠大海，但大海的波涛声却掩盖不住这种寂寞带来的枯燥乏味。分在一个组的住在一个棚房的工人们每天除了干活外，有关女人的一些无聊话题便成了他们打破这种氛围的笑料。这些笑料听起来有不少是粗野的，粗野的就像汹涌的大海一样无边无际，让人在一阵哄堂大笑中既摸不着这些话的出处又无法考证这些话的真伪。其实也没人去考证这些话的真伪，因为在这些缺少文化生活的劳动者的眼里，追寻这些话的真伪对他们来说已不再重要,重要的是在劳累一天之后,这些话能减轻他们身上的乏味,也能使他们在笑声中睡个甜蜜的好觉。

单调的日子是一些人产生怪念头和恶作剧的缘由。有些爱抱团的老乡观念比较强的工人见宋初生身单体薄,便催逼着他给他们洗碗。宋初生虽然有点不乐意,但初来乍到的他拗不过这些人的威逼,每天饭后他都会把一摞碗和筷子洗的干干净净了才去休息。这样日子长了,人头混得熟了,心里感到委屈的宋初生觉得老叫他们这样捉弄下去也不是个事儿,便乘一天吃饭的工夫向他们提出了大家一人一天轮流洗碗的想法。那些人一听傻眼了,说你是后来的,按规矩这碗就应该你洗。宋初生说你们的饭是你们吃哩!又不是我吃的!凭啥老让我伺候你们呢?再说咱们都是出门人,你们又不比我多长的两颗脑袋,老叫我一个人洗碗没道理。那些人听了都不好意思了,便一致通过了他的建议。其中一个说,咱们轮班儿可以,但得从你开始。宋初生说好,从我开始就从我开始。结果等他第二天完成任务后,接班的那个人不愿意给别人洗碗,只洗了自己的碗筷后便完事大吉。从此,这些人就恢复了各自洗碗的常态,宋初生也在这个工地上立住了脚。

修建港口的活计除了抬石块、扛水泥这些苦重体力活外,还有一些支模型、绑钢筋架的轻松活儿。宋初生抬了半年多石块后,被抽调到了支模型、绑钢筋的架子队。在这儿他结识了两位叫杨浩和张林的吉林籍民工。这两位民工虽然和他交往时间不长,但留给他的印象极深。如果用句迷信的话来说,这两人一个可以称作死神、一个可以称作救神,而且用这称谓还一点儿也不过分。

说起来这种不过分就体现在游泳上。喜欢游泳的人都知道,夏天秋天是海边游泳的最好季节。每年的这两个季节一来,大连海边的沙滩上便会出现许多光着大腿的穿着花花绿绿泳装的男男女女。这对久在大窑湾港口的民工来说,毫无疑问是一种冲击力和诱发力。虽然他们每天都在和大海打交道,有时还得站在齐腰深的海水里工作,但大海的情怀是什么?在海里游泳的趣味是什么?拉个女友漫步沙滩的感觉又是什么?所有这些他们都一无所知。因为这些生活对他们来说还比较遥远,遥远的只能在劳作一天后的歇息中凭空想象,或者在某位工友的一两句俏皮话中一哄而过。

一天中午,躺在棚房里感到闷热的杨浩坐起来推了一下宋初生说:"哎!咱们也去游泳吧!要不这天气受不了。"

"去哪儿游呢?"宋初生坐起来伸了下懒腰说:"人家那都是海滨浴场,要钱呢!"

"那不怕!"杨浩满不在乎地说:"他要钱咱不给不就行啦!"

"废话!"宋初生说:"你不给人家还能让你游?"

"能!"杨浩说:"你不看这海边能游泳的地方多哩!他在那边收钱咱在这边儿游泳。咱们是大海朝天,各耍一边。"

"那你想去哪儿呢?"宋初生说:"咱们这可不能跑的远了,

下午还得上班干活儿呢！"

"这我知道,咱们也跑不远。"杨浩用手指了下方向说:"就在咱们工地的一旁。我每天见有好几个人在那儿游哩！挺好玩的！走吧！咱也去凉快凉快！"

"我不会游！"宋初生说:"你自己去吧！"

"你不会游?"杨浩说:"不可能吧?我记得你好像说过自己会游。"

"什么?我会游?"宋初生用手指了下自己后笑嘻嘻地说:"你快别逗啦！我是正儿八经的旱鸭子。从小到大不用说下这大海,就是连我们那儿的小河也没下过。"

"不会游不要紧,"杨浩说:"咱就下去洗个澡,身上不热了就对啦！"

"我不想去！"宋初生说。

"你怎么婆婆妈妈的?你快起来给我走吧！"杨浩说着一把拉起宋初生去了离工地不远的沙滩上。

柔软的沙滩上没有几个脚印,也看不到一个在海里游泳的人。原因是这里的海水较深,离市区也比较远,不适宜开发海滨浴场。杨浩和宋初生在沙滩上待了一会后,觉得在海里洗个澡也不错的宋初生脱掉衣服跟着杨浩向涌动的海水里慢慢走去。

这时,在另一个棚房里感到烦闷的张林也来到这个沙滩。他见有两个人都站在水里,便坐在一块礁石上漫不经心地欣赏着他们的戏水动作。

有句俗话讲：步入海水三尺空。意思是海里是个未知世界，涉入海水时一定要小心。但可惜不是在海边长大的杨浩和宋初生对此却一无所知。他们见海面上风平浪静，便试探着一步一步地向深水里走去。就在他们走到水淹至齐胸深时，走在前面的杨浩一脚踩空沉了下去。跟在后面的宋初生见势不妙，慌忙移动脚步伸出一只手去想拉杨浩一把，不料他脚下一滑也跟着沉了下去。

说起来也是宋初生他们命不该绝。在礁石上的张林看到他们一前一后沉入水中后，知道大事不妙的他见四处无人，便赶紧跑回工地把水性不错的哥哥张磊叫了过来。张磊在弟弟的指点下找到他们落水的地方一个猛子扎下去把杨浩救上岸边后，他又潜入水底把宋初生也救了上来。张磊见他们都昏迷不醒，便让弟弟赶快跑到工地去叫车，自己留在原地帮他们两人控水。

对于溺水的人来说，控水是救助他们的方法之一。张磊给他们控了一会儿水后，附近的 120 救护车赶了过来，把两人都拉到了医院。杨浩到医院不久便被医生救醒过来，但宋初生却因为溺水时间过长，在病床上躺了一晚上后才渐渐地挣脱了死神的拉扯。

宋初生醒来后，医生为了减少他肺里面肺泡内泡沫的表面张力，让一位给他打吊针的护士在湿化瓶内加上了浓度为

30%的酒精，不料这种治疗方法使身体虚弱的对酒精过敏的宋初生发生了休克。吓得在一旁守护他的弟弟宋初红赶快把医生护士叫来换了湿化瓶内的酒精折腾了半天后，才把他救醒过来。

人经患难侃得失，生死一念两茫茫。

劫后余生的宋初生忽然觉得：人的生命太脆弱了！脆弱的就像马路两旁的盏盏路灯一样，随时都有被电流熔断钨丝或被狂风暴雨吹打烂玻璃罩走向熄灭的可能。这也许就是生命的心酸悲哀。但这种心酸悲哀却使人们懂得了生命的价值不在于自己的得失与否，而在于自己内心的充实和对生活的感恩。用感恩回报社会，让自己短促而又漫长的生命在感恩中得到涅槃，在感恩中得到延续。也许只有这样，人生才不会白过。这就像救自己的张磊、张林两兄弟和一些连名字都叫不上来的医务人员一样，连声谢谢都不需要。由此他也联想到自己是一个经历过死亡的人，是从死亡边缘挣扎爬回来的人。对自己这一个经历过死亡、知道死亡其实很简单的人来说，生不带来死不带走的功名利禄已不重要，重要的是怎样让自己的短暂的生命在感恩中变得精彩并富有意义。

大难不死必有后福。住了一个星期医院的宋初生出院后，知道了他不会游泳的老板把他调到了机加工车间，让他搞模板制作。此时已懂得感恩的宋初生不仅在上班时间用心学会了电焊,而且还利用下班后的休息时间帮一些师傅们在车间加工一些零件,跟这些师傅们在车床上学会了不少的车工技术。

宋初生在大连建港时机床工作留念

宋初生(右二)同工友们在建成的大连大窑湾码头留念

爱情不是我想象

宋初生（左）在大窑湾港工程指挥部

海浪轻轻地拍击着停泊在港口内的轮船，十几只盘旋在轮船上方的海鸥不时地贴近海面，把在海面上游荡的一些小鱼小虾作为它们的美食叼进嘴里。宋初生和杨浩这对难兄难弟午饭后站在一个新建的码头上看着眼前的这些景象，心里不免产生出一点感慨。

"初生，你说这时间过得真是太快啦！"杨浩坐在身后的一块条石上说："不知不觉咱们已在这儿干了四年啦！"

"是啊！四年了！"宋初生顺口道："这港口的变化是不小！"

"岂止是港口！就是这大连也变了不少。"

"看来还是咱们农民工伟大！用咱们的双手改变了这座

城市。"

"那当然喽！以前是咱们工人有力量，现在是咱们农民工也有力量！"

"想想这些年的发展了是可以！"

时代的变迁让宋初生这个农民工惊叹不已。就在他们打工的这四年里，眼前这座城市的一栋栋高楼大厦拔地而起，就是一些人腰带上挂的传呼机也变成了手机。他觉得这些变化和参与城市建设的农民工密切相关，是他们这些不嫌脏苦累的不嫌薪酬微薄的农民工用一块块的砖石码起了城市的壮观，是他们这些夏天冒着酷暑、冬天顶着严寒的农民工的辛勤汗水使城市变得更加美丽。虽然生活中有个别不理解他们的人白眼过他们，也拖欠过他们的工资，但看到眼前的变化，宋初生还是觉得有一种自豪在心底冉冉升起，他也觉得他们这些人的付出值得。

"哎！你想啥呢？"杨浩问："是不是又想老婆啦？"

"呵呵呵……老婆？老婆还不知道在哪个丈母娘肚里睡觉哩！"

"呵呵呵……说这了怨你！"

"你说咋能怨我呢？"

"你每年回去一次，算起来你已经回过三次家啦！"杨浩伸出三个手指晃了一下说："你说你这三次都不能搞定一个对象，不怨你能怨谁呢？"

"你这样说的话也有一些道理,不过也不能全怪我!"

"看你也是精精干干的一个人,为啥不能怪呢?"

"因为现在的一些姑娘太势利。每次我父母托人介绍过来的姑娘一听我的情况就掰啦!"

宋初生说的一点儿也不错。他这几年的探家都是为了找个对象。以他的个性来说,他本想在大连多待几年,等积攒下一笔够结婚开销的钱后再回家考虑个人问题。可是年迈的感到他年龄在农村来说已算是超大龄青年的担心找不下的父母却不行,媒人那儿一有个风吹草动就写信拍电报的催他回家。以孝为先的不想让父母为自己这事儿牵肠挂肚的宋初生每次接到信后都会在犹豫中找老板请假赶回家里,但每次都是在失望中浪费感情白跑一趟。

"好事多磨。"杨浩劝慰道:"反正咱就见了一次面,她想掰就掰呗!"

"废话!咱想不掰能行吗?"

"呵呵呵……我的意思是你不要着急。这年头,街上三条腿的没有,两条腿的多的是。只要咱诚心,就不怕找不到真正的爱情!"

"呵呵呵……咱是一个农民工,谈什么爱情呢?能找到一个实实在在过日子的人就不错啦!谈不上人家高雅人士的爱情不爱情的!"

"啥谈不上?你快得啦!人家一些高雅人士的一夜情或者

能维持三五年的还叫爱情哩！你说咱们这普通人能厮守一辈子的为啥不能叫爱情哩？”

“呵呵呵……你要这么说的话咱就算是吧！”

“啥就算是哩？你小子不要不开窍！”杨浩洋洋自得地说：“现在这一夜情叫触电情，这种爱情激情四射，就像闪电一样来得快去得也快。这和咱们普通人的爱情不一样！”

“咋不一样呢？”

“触电的爱情也叫品味情，品尝一下味道就没有啦！咱们这爱情叫经久耐用情，不管感情的大海有多大的风浪，咱们在上面都能闲庭信步！”

“呵呵呵……你小子！尽瞎掰！”

“我这可不是瞎掰！这是有关专家经过科学依据分析出来的。”

“人家专家没事儿干啦？就给你分析个这哩？”

“我这不是在鼓励你嘛！”杨浩从兜里掏出一个小收音机摆弄了一下开关说：“张雨生的歌儿到点儿啦！听预报说是一个人点的《我的未来不是梦》，我觉得这歌儿最适合咱们这些打工者啦！”

杨浩说着跟着收音机里飘出的歌声哼了起来：

你是不是像我在太阳下低头

流着汗水默默辛苦的工作

你是不是像我就算受了冷漠

也不放弃自己想要的生活

你是不是像我整天忙着追求

追求一种意想不到的温柔

你是不是像我曾经茫然失措

一次一次徘徊在十字街头

因为我 不在乎

别人怎么说

我从来没有忘记我

对自己的承诺

对爱的执著

我 知 道

我的未来不是梦

我认真的过每一分钟

我的未来不是梦

我的心跟着希望在动……

　　好的歌儿在特定的环境特定的时候是一种催化剂。在没有电影电视可看的工地上和沉闷的棚房里，宋初生他们这些打工者闲暇时除了三三两两地打扑克、下象棋或看大海听涛声涤荡心灵的孤寂外，有不少是依靠收音机里播出的新闻来了解外部的信息，倾听里面优美的歌儿来催化心中的喜怒哀乐烦恼忧伤。爱情对他们来说就好像是一段美好的故事，好听但不好捉摸。用宋初生的话来说：爱情不是我想象。在这里也许有的读者会产生疑问：这些打工的农民兄弟是不是都找不到对象结不了婚呢？非也非也！他们不是找不到对象讨不到老婆，天下等他们的好姑娘多的是。只不过是过程难一点，一时没能碰到一起而已。宋初生就是这样，由他的爱情不是我想象到他的爱情就是我想象。期间虽然有一点波折，但一种脱俗的纯真的爱情之花还是开在了他的头上。

宋初生二十九岁这年是天上月老关照他的一年。就在他和杨浩闲聊后的第二天，家里给他拍来一封电报，催他赶紧回去。知道又是去相亲的觉得希望不大的宋初生接到电报后本不想回去，但不回去他又怕父母亲为他着急。宋初生犹豫了片刻后，他还是拿着电报找到老板请了半个月的假。

在农村来说，男青年找对象的年龄一般不能过了二十五岁。如果有哪个男青年一不小心让自己的年龄超过二十五岁这个分界线还没找到对象的话，那他的父母就会在忐忑中开始向着急进军了。

宋初生的父母就是这样。自从超过二十五岁的宋初生去了大连后，宋显勋和李秀珍的心思几乎全用在了为儿子亲事张罗上。他们每年都托亲戚求媒人，让这些人四处给儿子物色对象，但每年的效果都不甚佳。好在老两口子矢志不悔，虽然明知道每次亲事不成的原因都在一个"贫"字上，但性情豁达的他们却不这么认为，一直在为儿子踅摸对象的道路上奔忙着。有道是苍天不负有心人，老两口子的心愿没有白费，但儿子能不能回来的现状却使得他们在等待中有点着急了。

等待是一种煎熬。担心儿子一时赶不回来误了亲事的李秀珍几乎每顿饭都会给丈夫唠叨："哎！你说孩儿收到电报没啦？"

"应该了是收见啦！"在院里靠着窗台墙蹲着的宋显勋看着拿勺子给自己舀米汤的老伴猜测着说："电报快！今日拍了明天就到了初生的手儿啦！要是加急的，当天就能收见。咱们是夜来拍的，按说了是应该收见啦！"

"这孩儿，收见也不给眷舍来个信儿！"把一碗米汤放在小饭桌上的李秀珍说："也不知道能不能回来？"

"应该了能！"宋显勋说："这又不是小事情，孩儿他也得掂分量哩！"

"快应该甚哩？吃人家的饭，由人家办。这又不是咱说了算？就是咱当老板也得先考虑工作哩！"

"工程上了不要紧，多一个少一个无所谓。再说老板也跟了他好几年啦！这事情他还能不照顾照顾？"

"唉！早知道是这的话，倒不如学了人家新生，干上一年就回来！你看人家，现在闹的还赖哩？甚也都有啦！"

"小鸡不尿尿，各有各的道。这个事情了不能勉强。"

"甚不能勉强哩？眼看的孩儿就三十啦！人过三十天过午。"着急中的李秀珍有点担心地说："你说离得又远，这要是不箍住的话，不知道还要拖到甚时候哩？"

"他又不是小孩儿,咋地回箍哩?再说这也不是箍住就能成了的事情。"

"问题是你要不箍的话,我就怕耽误了孩儿哩!"

"你歇心你的哇!耽误不了。这我心儿有数数的哩!"

"你能有甚的数数哩?是不是又叫人给算了算来?"

"嗯——也没啦!前几天我去大牛家房串门子,正好碰了个做这的给瞎谝了一顿。"

"你快不用听这些闲的没干的人胡说,我不相信些这!"

"其实我也不太相信。咱们还是等孩儿回来了再说哇!"宋显勋说着坐在饭桌前的小木凳上拿了一个花卷就着咸菜吃了起来……

夏末秋初的白天依然漫长,但夜过得很快。

就在老两口念叨中的第三天上午,风尘仆仆的宋初生提着一个旅行包赶回了家中。

"孩儿,早就嘀叨上俺孩啦!"坐在炕头剪鞋垫的李秀珍停下手头的活计端详着儿子说:"看把俺孩熬的,眼圈圈也黑啦!快到炕上睡上阵阵哇!"

李秀珍说着下了炕给儿子倒了杯水。

"车上挤不挤?"在院里洒完一盆水的宋显勋走进来问:"是不是站回来的?"

"不要紧!"洗了把脸后感到轻松的宋初生说:"转了几次车都有座位哩!"

"有个位位就好！"李秀珍说："要不了好几千里的，光站的人也受不了！就这还人遭罪哩！"

"出门子呔！就是个这！"宋显勋说："俺孩能回来就好啦！要不了俺们老怕给误了。"

"误了甚哩？"宋初生问。

"误了和人家见面！"宋显勋说："前一阵子人家媒人给你介绍了一个西善信的姑娘，人家说想见见人哩！"

"都是个这！害的人老远地跌一趟。"对这次相亲不抱太大希望的宋初生说："见也恐怕又是白见！"

"孩儿，这可不一定！"宋显勋说："我听媒人说这个姑娘和其他的不一样，说不定能成了！"

"媒婆子的嘴——老是挑好的说。"宋初生笑着说："这些人的话了没底子。"

"俺孩不要管那些，说成甚也是人家做好事哩！"李秀珍打劝儿子说："咱是能叫碰了也不敢叫误了！说实话，瞅瞅俺孩的年龄咱也误不起啦！"

"就是！俺孩先在眷舍歇歇，来我啷瞭瞭人家的！"宋显勋说着出门向媒人家走去。

初秋的冀郭村四周绿色葱葱。玉米、高粱等庄稼都已长了大半人高，一些在绿叶丛中盛开的白色黄豆花显得格外耀眼。宋初生按照预先的约定，在村口等到已见过两次面的比他小一岁的雷桂花后，邀她一起去了家里。

雷桂花在家里的姊妹中排行老三,她上面的两个姐姐都已出嫁。说起来雷桂花找对象的要求并不高,她一不图财二不图房,只图找一个知冷知热的能和自己同甘共苦厮守一辈子的人。但可惜的是在那个年代像她这样追求的人已属难得,就是她要找的人也排到了不易的行列。因为从那个年代开始,不少姑娘受物欲横流的影响,在择偶方面的条件上把男人都分了一定的档次。就是一些男青年也抵不住世俗的诱发,在自己的婚姻上多多少少地渗进了一些门当户对的观念。

"哎!你考虑的咋说哩?"进了屋门看着雷桂花坐下后,在个人问题上曾屡战屡败的不想拖泥带水的宋初生一边拿上杯子倒水一边有点着急地问。

"甚咋说哩?"雷桂花微笑着问。

"就咱们这事情!"

"嗯——咱们这个事情了不好说哩!"

"咋地回不好说哩?"

"嗯——"

"你嗯甚哩?是不是你也学人家把咱们也排到等级里面啦?"

"甚的等级哩?"

"就是你们姑娘家挑对象的等级。"

"嘻嘻嘻……这找对象还能分等级?这我倒是第一次听说。你先给我说说,你们这些男人能分多少等级哩?"

"分的等级了多哩！我这儿能给你凑合下十等来！"

"那十等哩？"

"嗯——一等男人是公职，守着铁碗有饭吃；二等男人是老板，跟上天天数票子；三等男人专业户，票子不多可将就；四等男人是医生，摆弄医药不求人；五等男人是司机，脚踩油门就来钱；六等男人是艺人，吹拉弹唱心爽朗；七等男人搞推销，巧舌如簧有提成；八等男人泥木匠，建筑行业淘金瓜；九等男人是厨师，油嘴油舌全身香；十等男人打工汉，守着空房没钱花。"

"你们这些男人，闲的没做的了实在怕哩！甚也能瞎编出来！"雷桂花笑着说："好像你们比俺们也清楚，世上哪儿有那些事情哩？"

"咋地没啦的？和我在一块儿的工友们就碰过这些事情。"

"碰过也只是个别人，不是所有的姑娘们都是那想法。"雷桂花略停了下说："就俺房来说，俺姊妹三个都没啦这想法。不知道你听说过没啦？俺两个姐夫都是受苦人。"

"这了我听介绍人说过。"宋初生接过话头说："要是你也能像你两个姐姐一样就好啦！"

"我？我了是怕有些儿麻烦哩！"

"咋地？是不是你不大愿意哩？"

"嗯——这了倒不是！"

"不了是你房的大人们不愿意！"

"嗯——也不是这！"

"这也不是！那也不是！"宋初生有点着急地问："那你说到底是甚麻烦哩？"

"这了我也说不准，也不知道是咋地！反正是有这种预感哩！"

"我怕的就是这种拖拖拉拉的预感。"觉得有点不妙的宋初生很干脆地说："咱们这哇！反正我的情况俺房的情况你都知道啦！咱们这人了是实打实的，我也没啦瞒过你，也不想瞒你。你要是觉见可以了，咱们就继续交往；你要是觉见不可以的话，也不要勉强自家！咱们都干脆些儿！"

"咋地回干脆哩？"雷桂花有点埋怨道："人家的话还没啦说完哩！你不敢把锅盖揭的早早的！"

"我也不想揭的早了，可是咱这年龄不一样，老大不小的！也耽误不起！"

"这我知道！其实我这人也喜欢干脆利索！可是说到这个事情顶儿了我没办法。"

雷桂花认为找对象最要紧的就是眼缘。从她和宋初生的第一次见面的那一刻起，她就觉得这个人在冥冥中和自己似曾相识，是自己今生可托可信的要找的那个人。如果要说心情的话，雷桂花觉得当时候的自己就和一首歌儿里的歌词一样：莫名我就喜欢你，深深地爱上你，从见到你的那一刻起；莫名我就喜欢你，深深地爱上你，没有理由，没有原因。

　　说起来真正的喜欢一个人爱一个人就是这样在那一刹那萌生的,根本不需要什么样的理由和原因。这在生活中也许我们每个人都有过,或者以后都会有过。但这种一刹那萌生的喜欢和爱意对大多数人来说,因为受时间空间和一些世俗因素的影响,能够有勇气冲破束缚继续下去的人不多。此刻的雷桂花就是这样,在择偶方面她虽然注重的是个人品,对家庭贫富、个人工作和房子等一些附加条件抱无所谓的态度,但来自家庭的压力还是让她感到有点儿左右为难,有些话在心仪人前她也难以启齿。

　　"你这是在甚顶儿没办法哩?"有点不明白的宋初生追问着。

　　"嗯——你不用问啦!我也不好说!"雷桂花犹豫着,她不知道该不该把自己的难处说给宋初生。

　　"有甚不好说的哩?"宋初生催着她说:"其实你不说我也猜见啦!有些事情你不敢窝到自家心儿,你要窝到心儿的话就你一个人承受也不顶事,不如你说出来咱们两个人承受比较好些儿,这样样的话人多力量大,说不定咱们还能给你想出一些解决问题的办法来!"

　　"你猜见还用我说哩?"

　　"那当然啦!你不说咱们就不能处理问题!"

　　"你看你这人!前头还说自家能猜见了,叫人以为是碰上孔明啦!想不到这闹了半天还得咱给人家说哩!"

　　"呵呵呵……咱可不是孔明。"宋初生笑着说:"就算是孔明也只是个猜测而已。既然是猜测，就带有不确定性的成分。所以要知道我这猜得对的不对的，那答案都在你那儿哩！你要是不说的话咱们就没办法证实。"

"可是你这叫我咋说哩?"还是感到有点为难的雷桂花说："这个事情我想了半天啦！觉见就是不知道该咋地回开口！我看你还是不用叫我说啦！"

"你不说我还能知道了? 你快不用顾虑啦！把心儿的话都倒出来，我的耳朵早就准备好啦！不管你说甚的好赖事情，我保证全部收购！"

"唉——就你这收购两句话还能算本事？"雷桂花说着站起身来，用连她自己也说不清楚是爱怜还是抱怨的目光打量着宋初生说了句我回去了的话后，便径自出了屋门……

刚踏入秋天门槛不久的中午还带着不少的暑热。送雷桂花回来的宋初生躺在炕上一边晃动着一本杂志驱赶热气，一边想着他和雷桂华之间事儿。平心而论，雷桂花是他这几年相亲历程中遇到的一位最好的姑娘，也是一位比较通情达理的姑娘。虽然他和雷桂花见面了解的时间不多，一共加起来也只有几个小时，但雷桂花留给他的印象却是极深极深。他觉得雷桂花就是自己梦寐追逐的能和自己相拥一生的人，也是今生能和自己相濡以沫同甘共苦的人。可是就这么一个令人敬佩的贤淑姑娘，为什么会在自己的面前吞吞吐吐呢？难道真是介绍人说过的：年轻人，在咱们这儿找对象就是找丈人丈母娘哩！像你这事情，只要你能过了你那岳父岳母的关卡就成啦！

说实话，在介绍人当时候给他意味深长说这话时，宋初生并没在意。他觉得这谈对象嘛！就是自己和人家姑娘两个人的事，不管成不成，都与丈人丈母娘无关。但现在看起来自己的这想法不仅幼稚，而且还是大错特错！俗话讲：姑娘是她爹的心头肉，姑娘是她娘的小棉袄。既然是人家爹娘的心头肉和小棉袄，人家就不可能对自己女儿的婚事不闻不问。但这要闻要问的后果是什么？这不用去问不要去想也能知道！

世人一切皆上。虽然一些父辈所谓人往高处走水往低处流的传统观念造就了不少悲欢离合的爱情故事，但站在他们的立场上，我们不得不为他们这种甘为儿女爱情婚姻冲锋陷阵勇当严父严母的慈爱行为喊一声理解万岁。

不管慈爱也好还是理解也罢，这些都不能隔断真情男女之间的思念。这种思念虽然在感觉情况有点不太好的宋初生身上表现的不是十分强烈，但在雷桂花走后的这几天中，他还是有点儿坐立不安。在这种坐立不安的烦躁中，宋初生有时会爬上自家的窑顶，朝西善信村方向的路上眺望上一阵。

绿油油的庄稼簇拥着一条蜿蜒的通向西善信村的土路。土路上，一个赶着四五十只绵羊慢慢行走的中年汉子扛着一杆放羊铲子正亮着嗓子：

东山上看见西山上高，

东山上长了一株好樱桃,

哎哟好……妹妹我跟上哥哥你打樱桃。

第一回回瞭你你不在,

碰上了你嫂嫂洗白菜,

哎哟好……一盆儿凉水把我泼呀泼出来……

此刻,站在窑顶上随风听着的宋初生觉得他和雷桂花的事儿不仅像《打樱桃》这首民歌里的歌词描述,而且还有点琼瑶所写的《在水一方》歌词的意境韵味:

绿草苍苍,白雾茫茫,有位佳人,在水一方。

我愿逆流而上,依偎在她身旁,

却见依稀仿佛,她在水中伫立……

顺人心境的歌词催动着宋初生的情愫,他坐在窑沿上反复哼了几遍后忽然感到这两首歌儿都有点单相思的味道。他想,不知道这味道能不能叫雷桂花闻到,也不知道雷桂花这几天的情况如何?

其实雷桂花这几天的情况比宋初生还要麻烦。自打她父母亲知道了宋初生的状况后,老两口子的态度十分明朗,他们不愿意让女儿嫁给一个穷家无业的男人受苦。尽管他们每天在家里费尽心机好说歹说地劝女儿放弃自己的选择,但滴水不进的雷桂花不仅一意孤行不听他们的好心劝导,而且还反过来劝说他们要尊重她的感情。她父亲雷思超无奈之下给女儿放出了狠话:"你非要跟人家走也行!只要他能拿出五千块钱来,俺们决不拦你!"

"爸你怎么能这样呢?"有点不服气的雷桂花说:"初生的家底子你又不是不知道?你这样样做是不是想逼我跳火坑哩?"

"那火坑是你自家挖下的!就是跳也是你自家来!与俺们无关!"

"那爸你能不能少些儿哩?"

"这了你不用想谋!只要你想跟人家走,我这儿是五千块钱一分钱也不能少!"

听了父亲的话后,雷桂花不吱声了,但也确实难住了。五千块钱在当时候可不是一个小数目,尤其是在宋初生这样的家庭里,那和一个天文数字几乎没什么区别。怎么办呢?如果听父亲的话,自己眼前的良缘就会前功尽弃;如果不听父亲的话,那沉重的负担就会落在自己和宋初生的肩上。以宋初生目前的力量,要往出拿这五千块钱可不是一件容易的事,就是能拿出来自己也不好开口,可是如果自己不开口的话,自己和宋初生的事儿就没办法往下进行。难道就这样不声不响地算了吗?雷桂花觉得不能,她绝对不能让自己的爱情就此停摆。在她的眼里,宋初生虽然是一个家境贫穷的打工汉,但他的精神并不贫穷。她记得有位哲人说过:世界上最贫穷的人是物质富裕精神空虚的人,世界上最富有的人是物质贫乏精神充实的人。因为物质匮乏的人可以用劳动创造来弥补,而精神匮乏的人却不能用任何物质和创造来弥补替代。

换句话来说,精神富裕的人也许可以创造一切,而精神空虚的人可能会毁灭一切。这对自己一个女人来说,可以舍弃钱财,可以舍弃房屋,可以舍弃工作……但不可以舍弃这样一个精神富有的男人。

雷桂花想到这儿后,她心里豁然开朗起来,也来了给宋初生写信的念头。她觉得信为心声,只要自己实实在在道出实情,近在咫尺的爱人肯定会在第一时间内赶到她的身边。可是这信又该怎么写呢? 雷桂花在自己房间琢磨了半天后,她拉开抽屉拿出纸笔坐在炕边的马扎上写了起来。

院子里的那棵核桃树上和电线上的十几只麻雀在我行我素地叽叽喳喳演讲着,好像它们就是这几个空间区域的主宰。在它们嘈杂的演讲声中,有几只不甘寂寞、叫的比较欢的雄麻雀就会乘机向在电线上晃悠的雌麻雀慢慢靠近,想和它们演奏一曲大自然万物和谐的旋律。这时,在家里等了好几天感到烦躁无望的宋初生一边整理行装一边想:看来这一趟又白跑了! 既然这个事儿已没什么盼头,倒不如早点去港口上工。

就在他打定主意准备出门去找几个发小话别之时,他父亲宋显勋拿着一封信走了进来。

"孩儿,人家有人给你捎过信来啦!"宋显勋一边把信递给儿子一边说:"你快看看这是谁来的哩? 顶儿也没啦写地址。"

"我估计了是雷桂花的!"宋初生说着撕开了信封。

"雷桂花？"宋显勋疑惑地问："是咱们这儿的？"

"嗯！就是西善信那个！"

"哦！西善信的！是不是给你介绍来的那个？"

"嗯！是哩！"

"是了俺孩你快看哇！看人家说些甚哩！"宋显勋说着出去了。

"哦！"宋初生应着甩了下信封从里面拿出一张折叠成长方块状的信笺后，他捏着一个角抖开信笺看着雷桂花清秀的字体读了起来。

初生你好！

提笔给你写这封信的时候，我思绪万千。心里虽然有多少话想给你说，但又不知从何说起。

相识是一种缘。我们的相识虽然没有花前月下的浪漫，但你谈吐不凡的远识和人穷志不穷的勇气给我留下了深深的印象。

关于我们俩的事情，我非常头疼！原因我不说你也会知道，来自家里的压力使我左右为难。我不爱财，也不嫌贫。虽然你是一个一无所有的打工汉，但我愿意跟着你四处漂泊，用我们的勤劳来创造美好的生活。可是，现实的无奈却使我不得不硬着头皮去面对，也不得不舍出面子用这样的方式来和你商量我们的事儿。

天下父母在婚姻上疼爱女儿的心思都是一样的。我的父母也是这样,他们怕我跟着你吃苦受累没有好日子过(这方面希望你能理解)。尽管我和父母亲辩论过也抗争过,但他们的反对却没有丝毫的改变。无奈之下,我只好出此下策。希望你能准备五千元给我的父母,这样的话能使我跟你走的安心一点,因为他们把我养这么大也确实不容易(这方面也希望你能理解)。

至于你出的这部分钱,我可以和你一起往回挣。我想:我们还年轻,我们还有一双手。只要我们辛勤努力,我们就没有过不好的日子。好啦!不多说啦!望见信后到老地方再聊!

此致!

雷桂花亲笔

山重水复疑无路,柳暗花明又一村。宋初生读完雷桂花的信后感动不已,喜出望外的他一边往兜里塞折好的信笺,一边冲出门外骑上自行车向南边的村口赶去。

临近中午的太阳放着刺眼的光芒,被阳光炙热的大地悄悄地散发着人眼看不见的热气。出了村口的宋初生见雷桂花在一棵柳树下站着,便猛蹬了几下车子到了她跟前。

"咋地这来迟?"等急了的雷桂花有点不满地问:"你做甚的来哩?"

"甚也没啦!"宋初生一手扶住车子一手掏出信笺扬了一

下说:"这不是! 我一收见信就赶紧过来啦! 是不是叫你等的时间长啦?"

"哼! 岂止是个长?"雷桂花指了下手表说:"从我在这儿托人给你捎信开始算起,我等了你足有一个小时。"

"估计是捎信的人耽搁了阵阵。"宋初生不好意思地笑着说:"我也是俺老子刚给了我信。"

"这些人也是! 害的人还以为你不来啦!"

"这来好的事情我还能不来? 再说也不敢不来!"

"那谁知道哩? 你这些人的话还能有了底子?"

"再没底子我也不会哄你!"

"我不管你那些哄不哄,反正我在这儿有一个原则。你要是再不来的话我就准备开溜啦!"

"这天气,往哪儿开溜哩?"

"前头我还琢谋这个问题,咱们站的这前后有两股道道,一股是去你房的,一股是去俺房的。你猜我想下要去谁家房的哩?"

"你这个问题了不好说! 我要说是俺房,你肯定说是你房;我要说是你房,你肯定又会说是俺房。这问题不用说我啦! 就是神仙也恐怕猜不着!"

"嘻嘻嘻……笨死啦! 连个这来简单的问题也猜不见! 我告你,不管我谋下要去谁家房的,这第一步必须先到路路上的!"

"呵呵呵……你这是脑筋急转弯,你这还能叫人猜见?"

"嘻嘻嘻……这也不能算是脑筋急转弯,前头等了你半天也不见你来,我真的谋下要走来!可是我犹豫了半天觉见还是再等等哇!"

"这你也不用再犹豫啦!你看这天气暖熬熬的,待的时间长了人受不了,咱们就凑近些儿去俺房的哇!"

"嗯——去你房?去你房做甚哩?"

"去见见俺老爹老妈!叫他们也高兴高兴!你不知道,他们对你可真是望眼欲穿早就盼望上啦!"

"嗯——去也不好意思!"

"有甚不好意思哩?人家说丑媳妇怕见公婆,你说你又不是丑媳妇,去见见怕甚哩?再说又不是没啦见过!"

"嗯——不了就由你哇!"雷桂花说着坐在自行车的后架上任凭宋初生带着她进了村子。

中午是田里的一些农民收工回家小憩的时刻。在街上零零星星回家的农民和一些坐在荫凉处拉家常的妇女见宋初生的车子上有一个姑娘,都忍不住好奇多看上他们两眼,有的还会指着他们低声说上句:"哎!快看!显勋家的二小子有对象啦!"

那个年代的农村姑娘多多少少还有个言传身教的不成文的规矩:在没有确定恋爱关系前,姑娘们一般不能单独和一个小伙子一起并排上街,也不能随便坐上一个小伙子的车子,更不能单独在一个小伙子家吃饭;否则的话就会被人们误解成某某小伙子的对象或者某某家的媳妇，一些闲言碎语也会随之而来。

宋初生在这些人的目光注视中顺着街道拐了两三个弯后进了院门，雀跃燕舞的院内顿时洋溢出一派和颜悦色的喜气。正在院里小木凳上坐着摘菜的李秀珍愣了一下后赶紧喜眉笑眼地撩起宋初生居住窑洞的竹帘，招呼雷桂花进了屋门。

屋里的一切照旧，和雷桂花上次来的时候没什么两样。李秀珍跟进屋内一阵沏茶倒水的忙碌后，她急急地回到自己的房间，叫醒在炕上睡觉的丈夫出去买菜。这时，感觉惬意的雷桂花看着李秀珍出去后坐在床沿上用手捋了下额前几根飘着的发梢问："我告你来的那个事情考虑的咋说哩？"

"甚事情哩？"宋初生愣了下问。

"咋地你倒忘啦？就是我信里面说的！"

"俺——没问题！"宋初生略想了下笑着说："夫人吩咐下的事情咱们还敢怠慢？这你就歇心哇！我这儿肯定没问题，一切都听你的！"

"唉——这事情！说起来真不该向你伸手！"

"这还有甚该不该的哩？就算是咱们孝敬老人也应该！再说大人们养咱们一场也确实不容易！能哄磨的大人们高兴了把咱们的事情办了就行啦！"

"问题是我有一种预感，就怕你把这钱儿送过的了俺大人们还不愿意哩！"

"这——嗯——这倒是圪节麻烦事！"

"可不是！俺老子那人是犟脾气，犟住甚就是甚！有时候俺们也没办法。"

"不怕一万，就怕万一。假如真出现这情况你咋办哩？"

"你说我能咋办哩？"雷桂花叹了口气说："实在不行的话，我也只能跟上你风风雨雨的走啦！"

"走？走哪儿的哩？"

"你走哪儿我就跟上你去哪儿！"

"我是打工的！你跟上我去了那工地上得受苦哩！"

"咱就是受苦人还怕受苦哩？说实话，初生，受苦我倒不怕，我怕的是你以后会对我不好！"

"桂花，想不到咱们认下没啦几天你能对我这样样好！"宋初生激动地说："我在这儿给你下保证，今后我要是对你不好的话我就不是人！"

"保证我可是不用你下！就像电视剧里面演的那些男人，下了也不一定就是真的！还是说咱们以后哇！只要咱们能把小日子过好，不要叫人小看了就行啦！"

"这了没问题！这就是你信里面写的那一句：我们还年轻，我们还有一双手。只要我们辛勤努力，我们就没有过不好的日子！"

"我那是瞎写下的句你倒是记住啦！"有点不好意思的雷桂花羞涩地说："写的时候我有些儿失笑人，就咱这初中生，真怕你笑话哩！"

"这我还能笑话？你这是给我的金玉良言！说实在的，我前头还有些儿担心！"

"你是媳妇子快到炕上的人啦！你还担心甚哩？是不是怕我反悔哩？"

"不是！我是担心你的名声哩！你要知道，一旦你这样样跟上我走的话，你说你村儿的人会咋地回看你哩？"

"嘻嘻嘻……这我早就想过，他们大不了给咱扣上一顶私奔的帽子！"

"你不怕？"

"我不怕！"雷桂花很坚决地说："只要能和你在一块儿，我甚也不怕！"

雷桂花毫不犹豫的回答使宋初生百感交集。他想不到自己的爱情来了会是如此的简单：没有岁月久恋的沉香，没有物质虚荣的倾慕，也没有华丽辞藻的表白。一切都在实实在在平平淡淡的相互理解中，演绎了一个农村姑娘和一个农村小伙子之间的朴实无华相依为命的纯情故事。这也许就是人们常说的缘分吧！

执子之手，与子偕老。五六天后，雷桂花在父母的反对声中跟着宋初生踏上了去大连的列车。用宋初生后来内疚的话来说，因为自己穷，他和雷桂花走到一起没有一场像样的婚礼，家里也没有一套像样的家具和睡床。因为岳父岳母的反对,他和雷桂花的结合相当于私奔。

私奔就私奔吧!在特定的环境条件下,他们也许只有"私奔"才能诠释出爱情的含义,才能体现出爱情的力量!

宋初生(中)同妻子雷桂花及弟弟宋初兴在大连建港留念

宋初生同妻子在大连打工

成功的循环农业绿色农业生态农业链条

（养殖大棚沼气池）

大连的风光格外养眼。跟着宋初生来到大连的雷桂花虽然一时还没有经济条件去鄰光闪闪的星海公园、迷人的金石滩、呈现奇特自然的蛇岛、古礁怪石的海王九岛和风景绮丽的棒棰岛、金石滩神力公园、森林动物园、大连湾炮台等一些名胜景点游玩，但住在棚房里倾听涛声、出门到海边观看日出日落的她还是感到和爱人在一起生活的一种惬意。

雷桂花是一个闲不住的人。她在大窑湾港口工地的棚房里刚待了有两三天，便催着宋初生给她找一个活计干。

"初生，我看这工地上打工的女人们也不少哩！你能不能和人家说说，叫我也跟上人家？"

"你快不用！这刚来了没啦几天，那些做的又不是甚的些好做的！受苦哩！"心疼媳妇的宋初生说："我又不是养活不了你！"

"这不是你养活了养活不了的事情！你要知道，我跟你的目的又不是图享受哩！"

"可是那些做的都是用苦往出熬哩！时间长了我怕你持架不住！"

"苦格牛牛怕甚哩？我又不是官家富家出来的大小姐？再说不吃苦咱们还能有了好日子？"雷桂花看着丈夫干脆地说："这方面你不用担心，那些女人们能持架住的活计我也能持架住了！"

宋初生见雷桂花口气比较坚决，便领着她去找了一下工头，让她跨进了女工队伍的行列，每天跟着这些女人们在工地上干一些稍微苦轻一点的零碎活计。这样干了一段时间后，不想让雷桂花跟着自己受苦的宋初生托人又给她在一家商店找了一个售货员的活计，使雷桂花摆脱了在工地上的体力劳动和风吹日晒。

绵软的沙滩和柔情的大海见证着他们的关爱，大窑湾港口的码头记录着他们辛劳的脚步。四年后，一直待在大连没有回过家的宋初生和雷桂花带着他们的爱情结晶——一个快两岁的男孩儿回到了久别的家乡冀郭村。

高耸的冀郭塔依然如故。

冀郭塔原名叫麓台塔，是金代在唐塔废基上重建的，平面呈八角形，边长6米，塔共有9层，每层塔身高度依次递减，斗也逐层变小，每层塔身个面都筑有真假相间的窗洞，有门洞的各层带叠砖平座。第一层塔身周围于明清时期包围十六面无梁洞。麓台塔的外形轮廓和各部构造式样均继承了宋代建筑遗制,是至今我国保存不多的古塔之一。现已重修了台基和基座。传说此塔系着平遥龟城的左后腿,以防神龟动摇。听冀郭村的一些老人们说,此塔内有一眼井,此井和平遥古城内市楼下的金井相连通,井水还能治人眼疾。还有一些老人们说冀郭塔是鲁班和他妹妹鲁姜比赛修塔时修的。

传说鲁班和他妹妹鲁姜云游天下来到冀郭。兄妹两个站在小山包上放眼西望,见晨霞中的平遥古城宛如一只栩栩如生的灵龟在缓缓爬行,便有点担心起来。

鲁班说:"看这神龟,修行到家啦!"

"那当然啦!上千年的灵性啦!"鲁姜说:"连这点功夫也没有还能行?"

"它行了也不能让它走了!"鲁班说:"这神龟是这地方百姓的福星,咱得想办法留住它,让它造福一方!"

"万物皆有定数。"鲁姜说:"哥哥你能有什么办法留住它呢?"

"这好办!"鲁班用手指了指山脚下的冀郭村说:"这地方风水不错,咱们在这儿修上一座塔就等于拴住了这神龟的左后腿,叫它想跑也跑不了!"

"这神龟劲儿大!"鲁姜说:"恐怕光你那一座塔还不行!咱还得再修一座才保险!"

"嗯——你这想法保险倒是保险!"鲁班想了下问:"不过

这两座塔你计划咋修哩？"

"嗯——要我计划了咱们倒不如比赛的赌一下。"一直不服气哥哥名气比自己大的鲁姜说："看咱兄妹谁能在三天之内修起一座塔！要是我先修起的话，就证明我的技艺比你高！要是哥哥你先修起的话，从此我就正儿八经地敬佩你！"

"好！就依你说的办！"鲁班应了声后，便在当天上午选好地址有条不紊的开始施工了。而鲁姜四处找寻了一阵地址后，感到困乏的她便进入了梦乡。鲁班爷心想：调皮的小妹一定是累了。暂且先不管她，修自己的塔要紧。鲁姜这一睡就整整睡了两天。等鲁姜睡醒起来的时候，鲁班在慈相寺后面修建的塔已接近完工了。鲁姜一看着急了，怎么办呢？她眼珠转着琢谋了半天后，终于想出了一条妙计。她在鲁班修建的塔前转悠了一会儿后给有点得意的鲁班说："哥你别以为你修的比我快！在这儿我告诉你，你用三天修建好的塔我一天就能修起，并且还要和你修的一样高。"鲁班听后摇了摇头表示不信。鲁姜说不信了你就等着瞧！

就在当天晚上，冀郭村的上空电闪雷鸣，风雨交加。人们都窝在家里不敢出来。等第二天天一亮，人们纷纷跑出村去看他们俩修建的塔。只见鲁班修建起的冀郭塔挺拔冲天，而鲁姜修建的塔却不见踪影。就在人们翘首四处寻找鲁姜修建的塔在何处时，有人喊道："快看！鲁姜修建的塔在哪儿！"人们顺着那人手指的方向望去，只见在冀郭塔的东南方向的一个小山包上，有一座玲珑剔透、造型别致的小塔矗立在上面。如果不排除地形高度的话，鲁班兄妹俩修建的塔的高度几乎不相上下。人们顿时雀跃欢呼，纷纷称赞鲁班兄妹的修塔技艺高超和智慧超群。

家乡的山、家乡的水，家乡的冀郭塔实在美！下了汽车看到冀郭塔就在眼前的宋初生忘却旅途的疲惫，他提着一个大旅行包和抱着孩子的雷桂花在几个接站亲人的陪伴下一边四处张望、一边兴冲冲地向家里走去。

久违的家里除了父母亲的脸上多了几道岁月刻下的皱纹外没多大变化。宋初生待家人欢聚用餐后回到自己的屋里，看着简陋的家具和坐在床上给孩子喂奶的雷桂花商量起来。

"哎！你说这眷舍要不要添补一些东西哩？"

"你说添补甚哩？"雷桂花闪着两只眼睛问。

"彩电、洗衣机，"宋初生在屋里来回转着说："还有这些烂家具也该换换啦！"

"那得多少钱儿哩？"雷桂花算计了下说："要我说了快不用啦！反正我跟你的那时候就没啦图过你有甚没甚，这阵阵嘟孩儿也这来大啦！咱们没必要把钱儿砸到这顶儿，省下两个叫你做别余的哇！"

"这不是你图不图的事情！"

"咋地不是的？我不图不就省下啦？"

"这不是省两个钱儿的事情！是咱们脸面上的事情！"

"管他甚的事情哩！俺这人不说那些，"雷桂花低头亲了一下怀里的孩子说："说的是俺这个亲蛋蛋，自从有了俺这个亲宝贝蛋后我就甚也不想啦！"

"问题是有些事你不想也不行！"

"咋地不行哩？"喂完奶的雷桂花把孩子抱的站在自己的腿上看着孩子的脸颊说："你爸爸说不行！俺孩就去问问他因为甚不行？叫他说出道理来！"

"桂花你看，咱们结婚时甚也没啦！你爹妈也都不愿意！"宋初生接过孩子晃悠着身子说："这个事情我一直很惭愧，觉得对不起你！"

"嘻嘻嘻……都是老夫老妻的，还说甚的些对不起哩？"

"那不一样！要不是有你这个贤妻的话就没啦我这今日！所以我想咱们这眷舍必须的变变样子，叫你房的人来了也有一个坐站的地方。"

"嘻嘻嘻……你咋地不说能给我长长脸儿哩？"

"这我不说你也知道！其实我就是怕你房的人小看了你！毕竟咱们出的了好几年啦！不要叫人家说：看看！跟了个穷鬼闹腾了几年，甚也没啦闹下！"

"行行行！我知道里面的意思啦！你想咋弄就咋弄哇！"

两口子商量妥后，宋初生第二天就去城里买回一台彩电、一台洗衣机和一套家具，把整个屋子弄得焕然一新。

年迈的宋显勋和李秀珍堆着笑脸看了一阵儿子屋里的亮眼摆设后,两位老人忙催宋初生去丈人家看看。

"孩儿,不是妈说你,"李秀珍扫了眼儿媳后转向宋初生说:"俺孩们是夜来回来的! 按照规矩, 你今日就该去□你丈人的!"

"就是! 你们一走四五年,眷舍的人不知道结记甚啦?"宋显勋点了下头说:"孝敬老人不仅是俺们,你丈人房也不能少了份份!"

"爸,这俺们知道!"宋初生解释道:"本来俺们计划今日去来! 可是咱房这样子不拾掇一下也不行。万一俺丈人家房的人来瞭桂花,你说咱们这老样子还能行?"

"俺孩说这了也是!"宋显勋赞许地看着儿子说:"现在这眷舍也有了样子啦! 俺孩们明天就去哇! 不敢再耽误啦!"

"去的时候多拿上些东西,要是不够的话把给俺们的也拿上。"李秀珍嘱咐了遍儿子后便和宋显勋一前一后出了屋门。

院里拴着的两只奶山羊来回动着,不时地朝着主人居住的方向咩咩地叫上两声。雷桂花把孩子放在床上走到柜门上镶着的穿衣镜前来回转着照了照问:"初生,你说我明天回娘家戴什么好?"

"就咱大连带回来的些海货。"有点误解妻子意思的宋初生说:"等等叫咱妈瞭住孩儿,咱们再出的买上些儿!"

"嘻嘻嘻……我说的不是那意思！"雷桂花转向宋初生指了指耳朵说："我说的是这儿戴甚好哩？"

"耳环！"宋初生不假思索地说："你不是在大连买了好几对对哩？随便戴上对对就行！"

"那不行！"

"甚不行哩？我看见你戴上挺好看的！"

"好看也不能戴！"

"因为甚不能哩？"

"傻瓜！这还用问哩？人家现在流行金货，姑娘们一找下对象就戴上四金(金耳环金项链金戒指金手镯)啦！你说咱们这也好几年啦！要是我不戴上件件的话，你说俺妈会不会难受地说：你看俺孩这图了个甚哩？身上到这阵阵也没啦置买下件件值钱的东西！"

"这了是哩！我疏忽了这个事情啦！"宋初生歉意地笑了笑说："等等咱们就出的买的，四金了咱们还不敢吹哩！要是戴个三金了没问题！保证叫咱这老婆和时兴人一样！"

"嘻嘻嘻……咱可不爱赶那些时兴！"雷桂花说："再说咱们也用不着去买人家的！这刚置买了些家具电器，咱们还是省下哇！以后你用钱儿的地方多哩！"

"不买的话你咋办哩？我说了你不用考虑钱儿，钱儿没了咱还可以去挣！可是这面子丢了就不好往回挣了。咱们的原则是该省的地方就省，不该省的地方咱们一分钱也不能省！"

"那也不用买的！反正就一半天的个事情，咱想办法能应付过这个场面的就行啦！不用这儿那儿的穷抖擞！"

"可是不抖擞的话你咋地会应付哩？"

"这好说！我看见你妹子戴的金耳环哩！你看能不能借给咱戴戴？"

"呵呵呵……俺妹子的东西还不好说！不用说金耳环，就是金戒指、金项链也能给你拿过来！"宋初生说着把回娘家的妹妹叫了过来，让她把戴着的金耳环、金戒指摘下来交给了雷桂花。

树上落的两只喜鹊在喳喳喳地叫着。坐在炕上看电视的雷桂花的母亲朝窗外望了几眼后对半躺在沙发的丈夫说："哎！你说这几天这是咋啦？喜鹊老冲咱房叫，是不是有戚人来哩？"

"快不用瞎想啦！"雷思超用遥控调了下台说："咱房还能有了些戚人？"

"这可是说不定！这些日子我经常梦见咱桂花，我估计是桂花回来啦！"

"你快不要给我提她！你一提她的名字我就火人哩！"

"你火人甚哩？当年要不是你狠心的话，孩儿也不可能那样样走了！害的俺娘们好几年也见不上一面！这不是！我一想起俺孩来，这心儿就难受的不行！孩儿走了也四五年啦！你说孩儿在外头风风雨雨的，到底是吃甚的苦遭甚的罪哩？眷舍的人一格丝丝也不知道！"雷桂花的母亲说着眼里的泪水飘落下来。

"哼！一说起你三闺女来你就哭上两眼眼，也不知道哭的是个甚？"看见老婆流泪就心软的雷思超说："这是你闺女自家不回来！又不是我不让她回来！"

就在老两口子争执的时候，骑着崭新摩托的宋初生带着媳妇孩子和一大摞礼品盒子袋子进了院子。

"哎！还真是桂花回来啦！"听见动静的雷桂花的母亲朝窗外瞥了眼后，赶忙用手擦了眼泪下了炕，两脚跩拉上放在炕墙边的鞋子和雷思超迎了出去。

"看俺孩白啦！到底是人家大城市的水土养人！"雷桂花的母亲打量了下女儿后抱起小外孙亲了下脸颊说："看俺孩！睛明活溜眼的！想死姥姥啦！"

"你快不用啰嗦啦！也不怕暖着孩儿！"雷思超说着撩起门帘，以此迎"贵宾"的姿态来表达对女儿女婿的一种歉意。

农村人的迎客习俗虽然没官场上的等级讲究，但也分有三六九等的不能用语言表白的肢体方式。除贵客以外，一般的客人和熟客临门，主人是不会给他们开门撩门帘的。

屋里的空气融纳着一家人团聚的笑声。雷桂花和母亲拉了一阵家常后从包里拿出一沓约有两三千元的人民币递给了母亲。

"孩儿，你这是做甚哩？"雷桂花的母亲把钱推给女儿问。

"妈！我四五年不在,这是我和初生孝敬你们的!"雷桂花把钱又推给母亲说:"妈你就不用推啦! 说给你们的就是给你们的! 你快拿起哇! "

"孩儿你还紧紧的! "和女婿坐在沙发上一边看电视一边闲聊的雷思超说:"看俺孩拿的那东西也花费了不少! 这钱儿就算啦! 俺们两个是老杠棚啦,用不着那些钱儿! 俺孩们心意到了就行啦! 俺孩就装了哇! "

"那不行! 孝敬老人是儿女们的天职。"宋初生拦阻着说:"叔婶(平遥当地习俗,女婿叫丈人丈母为叔叔婶婶或大伯大娘。)你们就不用推啦! 再推就没意思啦! 快拿起哇! "

雷思超见女婿开了口,便笑盈盈地站起来从老婆手里接过一沓票子放进了箱子。

时间是磨灭怨恨的最好武器。雷思超就在女儿一家进门的那一刻起,便对眼前这个女婿有了一种新的看法。也从这一刻起,翁婿两个的所有隔阂也都在这融融和和的气氛中消失的荡然无存。

霞光散发着美丽。在丈人家耗磨了大半天时间后回到家里的宋初生躺在床上默不作声地想开了自己的营干:从大连回来已经三四天了。在这三四天里,和父母亲在一起的其乐融融的农家生活和熟稔的乡土人情味儿不仅使自己有一种流连忘返的感觉,也萌发了放弃大连那份工作的念头。他想:自己在大连打工八年虽然没挣到多少钱,但却学到了好几种实用的技术。就凭自己手中过硬的这几种技术，在平遥找个饭碗子应该不是什么难事！

"哎！咋地一回来就绷起疙瘩脸？"坐在床头织毛衣的雷桂花问："琢谋甚哩？"

"我在想，咱们是不是不用去大连的啦？"宋初生坐起来探问着媳妇的口气。

"不去大连能去哪儿哩？"

"哪儿也不去！咱们就在平遥！你看哩？"

"在平遥好是好！可是这做的哩？你能寻下了？"

"做的了没问题！像咱们这成手的电焊工车床工是缺货！"

"要是能寻下做的了就由你哇！不过我觉见了咱们不如在大连好！"

"呵呵呵……那还用你说哩！可是梁园虽好非久恋之乡！你不要忘了，咱们在那儿也都是个打工的！"

"打工的又咋地啦哩？不管咋地咱是凭劳动挣钱！这又不比人低一等！"

"呵呵呵……我说的不是这！我的意思是咱们在那儿没房没地的，光靠咱两个人的那点点工资收入根本不够开销。"

"这没甚！咱吃穿不起贵的就吃穿贱的！"

"吃穿住对咱们大人来说都是小事！"

"那甚是大事哩？"

"孩们的上学！你看这孩儿一天天地大啦！再过一两年就

得上幼儿园哩！咱们要是继续在那儿的话，这孩儿的上学就是一个大问题！"

"嗯——你说这的话就不如在咱这儿好！咱能误了甚也不能耽误了孩儿的学业。"

"咱们留在家的话不止是孩儿的上学问题，还能顺便照护一下老人。"

"你说的倒是好！可是这做的哩？"

"做的你不用发愁，咱们平遥是国际旅游城市，这些年发展的也可以！城周围的厂子也多哩！只要咱想动弹，寻个做的不成问题！"

"那你计划做甚哩？"

"我想去双庆铸造厂的哩！夜来在城里碰了个在双庆的熟人，告我说厂儿缺的就是咱这车工。待遇也可以，月月都能开了！"

"你要是觉见可以的话你就折腾的哇！反正到时候你不要叫俺娘们饿肚子就行！"

一个成功男人的背后必定会有一个贤惠的女人做后盾。

在雷桂花首肯后的第二天，宋初生便骑着摩托去了双庆铸造厂。厂里的老板一听宋初生是一个集焊工、车工和镗工等技术于一身的全能手，便很爽快地聘用了他，待遇按照师傅级别算。

双庆铸造厂离冀郭村有二、三十里路。宋初生每天早出晚归、风雨不误,连着八年一直坚持在车间的机床上加工零件,并把自己在大连学到的车工技术毫无保留地传授给不少的学徒工,使他们能在人才激烈的竞争中求得自己的用武之地。

发展需要机遇。在这又一个漫长的打工岁月中,宋初生感到仅靠给别人打工是不能发家致富的。自己要想发家致富,还必须寻找机遇,走别的路。可是自己的机遇在哪里呢?自己又该走什么样的路才能致富呢?

就在盘算另寻出路的宋初生随着时光走到 2008 年年底的时候,市场上的猪肉突然出现了暴涨,每市斤猪肉的价格由七八元涨到十四、五元,涨幅可以讲是创历史最高。猪肉价格的暴涨,使不少看到养猪能捞一大笔钱的农户纷纷加入到养猪行列。这时候的宋初生虽然也萌发了养猪的念头,但他并没有马上进入这个行列。因为理性告诉他:要想投身于养殖事业就必须搞清楚这猪肉暴涨的原因。那么这猪肉为什么会出现暴涨现象呢?宋初生在静静地观察着思考着,他想等把这一切想明白后再正儿八经地投资养猪市场。

养猪对宋初生来说并不陌生。虽然这几年他除了打工外,利用工厂的闲休时间和妻子一心搞种植,在田里栽了不少的梨树。但要说起养猪来的话,他还是颇有一些心得的。在他的记忆中,父亲宋显勋就比较喜欢养猪。

宋显勋养猪和大多数农户一样,不懂什么市场规律,完全是跟着猪肉市场的一股顺风走。当市场的猪肉涨价了,他就急急忙忙地买三五头猪仔回来圈养。等他把猪养大的时候,市场上的猪肉又开始跌价了。怕赔钱的宋显勋无奈之下,只好把猪赶快卖掉。按常理说养猪辛苦一场没赚到几个钱的宋显勋会就此罢手,不会再涉足养猪这个行业了。但他却不是这样。尽管卖完猪后他会跟家人唠叨几句养猪没意思、这猪不能养的话,但等过一段时间猪肉价格涨起来后,觉得想再碰碰运气的他还会到市场把猪仔买回来。可以讲,在每次买猪的时候,他从来就没有考虑过猪肉为什么会涨价、又为什么会跌价这个市场问题。

宋初生是个善于动脑筋的人。他把父亲好几次养猪不赚钱的事情和自己在高中时候学的有关经济学理论结合起来反复思考后,觉得父亲养猪不赚钱的关键原因就是违背了市场规律。

在不少人的眼中,市场规律好像是一种玄机的东西,让人在它的神秘色彩和嬗变中摸不着头脑。但在宋初生的眼里,市场规律就是一种市场上商品的周期性变化。他觉得这种变化如果从价格上揣摸的话,2008 年出现的猪肉上涨现象就是他抓住这种市场规律的开始。因为日中则昃,月盈则亏。猪肉价格能暴涨到历史高峰,恰恰表明了它在市场上一个周期的结束。这种结束不仅意味着一个周期的重启,也意味着一种养殖机遇的到来。可是怎样才能抓住这种机遇呢?宋初生在反复琢磨 2008 年到 2005 年之间的市场猪肉价格后发现养猪行业每隔三年就会出现一个周期性的大波动,用他的话来说就是三年一个大周期,一年一个小周期。如果依此推算的话,2009 年养猪行业会进入一个新的周期。

抓住市场养猪周期变化就是抓住了机遇。而这机遇不仅仅要靠头脑的灵活,还要靠科学知识的支撑。宋初生在锁定养猪这个行业的市场周期性变化后,他抽空订了一份山西农民报,并到新华书店买了一本《农家沼气实用技术》和几本有关养猪方面的书籍。从这些报刊书籍中,他了解了国家农业部在当时推广的农业生态养殖模式,也学到了把猪场、沼气池、蔬菜大棚和家庭澡堂建在一起的四位一体的科学知识。这些知识让他看到了搞绿色养殖、生态养殖、循环养殖和环保养殖等这些新型科技农业的魅力,也下定了要走出一条新养殖之路的决心。

人们平常有句很通俗的、经常鼓励别人的口头禅"坚持就是胜利"。这句话对大多数人来说可谓是说起来容易做起来难。2008 年养猪队伍的迅猛膨胀使得猪肉市场出现了供大于求的现象, 当 2009 年五六月份猪肉价格开始下滑的时候,不少的养殖户顶不住市场的压力,也忘了"坚持就是胜利"这句鼓励过别人也鼓励过自己的话,在陆陆续续低价出售完圈里的几茬猪后悄悄地摘下了自己养猪专业户的牌号。

宋初生看出这个商机后,马上着手投资准备修建自己的养猪场。当时正好赶上东南亚金融危机,钢材、水泥价格都纷纷下跌。用一位名人的话来讲就是"金融危机,危中有机"。喜欢看报的宋初生也觉得不管说危机也好还是说经济疲劳也罢,这对他来说都是一个难得的降低投资成本的机会。但这个机会对他这个打工的来说要真正抓住并不容易。因为要抓住这个机会就得投入十万元的资本,而当时他的手里仅有五万多元。怎么办呢?看到丈夫愁绪满面的雷桂花给他出了个找人去贷款的主意。

"你让我去贷款不怕赔了?"宋初生注视着妻子问。

"只要咱用心干就赔不了!"雷桂花笑着说:"我也相信你赔不了!"

"万一要是赔了哩?"

"咱肯定赔不了! 要是赔了的话,咱们就一起想办法还人家!"

不怕做不到,就怕想不到。宋初生见贤淑的妻子很支持自己的想法,便辞去了在双庆铸造厂的工作。在找人贷了五万元现款后,他开始修建他理想中的四位一体的养猪场。

"四位一体"养猪场是庭院经济与生态农业绿色农业循环农业相结合的一种新的生产模式,它是以土地资源为基础,以太阳能为动力,以沼气为纽带,种植、养殖相结合,通过生物能转换技术,在农户土地上,在全封闭的状态下,将沼气池、猪禽舍、厕所、日光温室相连在一起,组成农村能源综合利用体系。它可以解决沼气池安全越冬问题,使之常年产气利用;可提高猪禽舍温度,提高养猪效益。在能为温室作物提供充足的优质有机肥和沼气燃烧过程中为作物提供二氧化碳气肥的基础上,提高作物的产量和品质,增加农户收入。成为动物、植物、微生物相互作用,食物链结构健全,能流、物流较快循环利用效益突出的能源生态模式技术之一。

要是简单点说的话,这种将农村生活和农业生产、农村能源和环境保护相结合的农村生态经济可持续发展的四位一体的生态富民模式,就是在日光温室或者塑料大棚的一端建造厕所和猪圈,猪圈要建在温室内,厕所要建在温室外,在猪圈下面建一个沼气池,把人畜粪便和秸秆作为沼气池产气的原料。这种养猪模式的好处就是人、畜粪便能自动流入沼气池,有利于粪便的管理。而猪圈设置在塑料大棚内,可使冬季圈舍温度提高 $3\sim5℃$,为生猪提供适宜的生长条件,缩短了生猪育肥期。也能有效解决了寒冷冬季产气难、池子易冻裂的技术问题,并有助于大棚内农作物的生长,进而达到既增产又优质的目的。

在宋初生兴建四位一体养猪场的工程中,沼气池是一个非常关键的技术难度比较大的工程。当时家庭沼气池的推广使用除在南方地区使用成功率比较高以外,在北方一些地区的使用成功率并不高,有的地区几乎为零。为了能建成一个经久耐用的沼气池,宋初生投资三万元建了一个产生沼气的粪窖。

　　天呐！冀郭村的宋初生投资三万元建了一个沼气粪窖！这三万元对当时的农民来说不仅是一个天文数字，也是一个天大的新闻。不少人在工地看了他的粪窖后都摇摇头，觉得宋初生花这么大的代价不值得。有的干脆打劝他赶紧罢手拆了吧！以免赔进去血本儿。一些亲戚朋友在看了后笑话他，说你是不是吃饱撑的？打工挣下两个钱没地方花啦？你知道不知道这三万块钱可以修半个院子？

　　对于这些村民的好言相劝和亲戚朋友的笑话，宋初生并没在意。因为读过《农家沼气实用技术》和从报纸上了解到国家大力提倡推广的宋初生知道，自己这沼气池一旦成功的话，对于一个农民家庭来说将是效益无限。用宋初生的话来说就是种菜不用肥料，种出的菜是没有污染的绿色安全蔬菜；猪场是不用拉粪，粪便直接进沼气池，猪场也不臭了；而产生的沼气还可以烧水、做饭、取暖、点灯，全家生活开支能节省许多。可以说这个生态模式确实是有百益而无一害，能给农民的生产生活带来不少的好处！

　　在这里也许一些读者会问：四位一体的养殖场既然这么好！为什么在农村地区没人搞呢？就是有搞的也成功率不高，这又是为什么呢？对于这两个问题，爱动脑筋的宋初生其实早想过。他觉得不成功的原因是懂理论的人不去搞，而农村种蔬菜、养猪的这些想搞的人却又不懂理论，不知道怎样去利用沼气池、怎样去建设沼气池、怎样去保养沼气池。说穿了就是理论和实践结合不起来的一种脱节现象。在现实中，大多数人能理解和接受了这种现象。因为社会分工明确职责不同，搞理论的就是搞理论的。比方说一些学过相关知识的专家大学生，让他们说起这四位一体养殖、三位一体养殖来肯定是头头是道，什么也清楚。可是如果要让他们从城市到农村去搞这个养殖的话他们肯定不去，也不现实。而如果要让一些养殖户或者想搞养殖的农民去雇佣这些人的话恐怕也不太现实。因为一些农民不但不懂得利用这个科技，而且在市场风险等因素的影响下也舍不得投资十万元来去搞这个科技含量比较高的养殖场。

理论与实际相结合的威力是无穷的！

就在宋初生自己设计、自己修建好四位一体养猪场的第二年，市场上的猪肉价格跌到了最低谷。万事俱备的宋初生感到这是他发展养猪业的最佳时机，便赶紧购买了一百多头小猪养了起来。随后他又购买回两批小猪，使存栏数达到了近三百头。

宋初生在养猪的同时，他和妻子雷桂花按照书上的理论设想，在大棚内种上了蔬菜。并利用沼气池内的沼气开了一个澡堂，每天除做饭、照明、取暖外，余下的沼气就用在了乡亲们洗澡用的热水燃烧上。一连串的新鲜事物使乡亲们大开眼界，每天都会有一些好奇的村民或者周边邻村的一些养猪专业户到他这个养猪场来问长问短。宋初生每次都会不厌其烦地给他们讲解一些建四位一体养猪场搞生态农业循环农业的好处，但在这些人中，一直都没有出现过一个像宋初生这样搞四位一体养猪场的人。

有一次，一位邻村的朋友来猪场看他。两人拉呱了一阵家常后，这位朋友问他住在哪儿？宋初生很幽默地告诉他就挨着猪圈，我和猪生活在一起了。这位朋友有点儿不信，说挨着猪圈那么臭，这地方怎么能住人呢？宋初生当即领他在大棚里的猪圈周围转了一阵后问他这里面臭不臭？这位朋友说他想不到这沼气池竟然这么厉害！把猪圈里的臭味也变得没了。

宋初生四位一体猪场的成功使用不但得到了乡亲们的认可，也得到县农委领导和技术人员的认可。当宋初生把他这些成果上报到县农委后，县农委的领导和技术人员连着到他的养猪场看了好几次，并对他这种做法给予了肯定。上级部门的肯定给了宋初生一种鼓励，看到自己搞养殖、种植有前途的他在2011年1月创办成立了平遥县洪善镇新圆种植专业合作社。

可以讲，宋初生建了一个集绿色种植生态养殖和沼气池澡堂为一体的养猪场不仅改变了他这个农民工的一生，而且还给全家带来了连锁效益，给全村人也带来了实惠。在2011年上半年几批猪出栏后，这个四位一体的养猪场给他带来了有生以来相当可观的三十万元的养猪收入和一万多元的洗澡、卖菜收入。

宋初生在给笔者谈起这段经历时感叹道：他搞这个猪场的成功，完全归功于在新华书店买的那本《农家沼气实用技术》和妻子雷桂花的鼎力支持以及他对市场规律的准确分析。是那本书让他明白了把猪场、沼气池、蔬菜大棚和家庭澡堂连在一起的作用，也让他明白了变废为宝的道理。对养猪行业来说，四位一体的养猪场不仅是一个单纯的产生有机能力、循环能力和能搞绿色种植生态养殖的问题，而是如何从根源上能消除病菌对猪产生危害的问题。从这方面来看，一些养猪户养猪不大赚钱的原因也在这里。因为要想搞猪场养猪，就必须预防蓝耳病、五号病的出现。当时他从一些和养猪有关书籍上了解到，传染病的来源就是猪的粪便。而沼气池的作用就是驱虫杀菌，让猪的粪便流入沼气池杀菌后，既能保证圈内的干净整洁和猪的健康成长，又能利用沼气再生效益，同时，经过杀菌后的沼液、沼渣又能给蔬菜大棚提供无菌肥料，进而给人们生产出环保无害的绿色蔬菜。所有这些都是他这个养猪场能赚钱的理由。

从这方面来看，感受颇深的宋初生觉得作为一个农民要想致富的话，必须从相信科学和依靠科学开始。

宋初生在平遥双庆铸造厂操作车床

宋初生同妻儿在旧居留念

滴水润情孝为天

宋初生的养猪场就在冀郭村的村南边。自从宋初生挣得他养猪的第一桶金后，来他这里串门的人也渐渐多了起来，这个小场内的气氛又比往常热闹了许多。

能干的雷桂花每天除了照看孩子、烧洗澡水做饭外，余下的时间就和丈夫一起干一些粉料（平遥方言，磨饲料）、煮猪食、喂猪等琐碎活计，小日子过得是有滋有味。

这时候的宋初生不但在形式上鸟枪换炮，把他的坐骑（摩托）"换"成了一辆白色的小轿车，而且从思想上也来了个鸟枪换炮。他觉得一个人的价值不能仅体现在自己单个的生活富裕上，而应该体现在帮助更多的乡亲们上。可是用什么帮助这些乡亲们好呢？宋初生有点犯愁了。他想：最实惠的帮助就是自己开一个工厂，让乡亲们在里面都有工做、都有钱赚。可是这想法是就目前来说简直是一种天方夜谭，因为以自己的力量来说还达不到这个水准。怎么帮呢？一心想帮乡亲们的宋初生把自己的想法告诉了妻子。

雷桂花也是一个喜欢助人为乐的人。虽然她是一个女人，但在帮助他人方面却是巾帼不让须眉，其想法做法一点儿也不逊色丈夫。她听了丈夫的想法后扑哧一笑说："这有甚难的哩？想帮助人还不简单！"

"咋地回简单哩？"宋初生在头上捋了一下说："多的咱拿不出来，少了的话又怕人家笑话！"

"这事情你不能这样看！帮人的事情历来就是一个尽力而为的事情，不管多少都是一个心意！这谁也能理解了！"

"嗯！你这话有道理！要依你的话咱们该做些甚哩？"

"要我说的话，咱就先从给学生免洗澡费开始。"

"这好说！就是给全村人免了也没问题！除了这还有甚哩？"

"还有……嗯……还有就是咱们井里的水！这几天老有一些人来拉水，还老给咱们留下两个电费。"

"你就不会说不要？"

"我说来！可是有的人非要给不行！有时候弄得人也不好意思！说实话，这和咱们刚开始养猪那会儿不一样，那时候咱们又是借款又是贷款的转不开，收他们两个也是没办法的事！"

"你说这了是哩！咱们那阵阵是资金紧张、自顾不暇，说起来确实是心有余而力不足！"

"这阵阵好啦！咱们最难过的日子挺过的啦！就这力所能及的水顶儿（平遥方言，上面的意思），你说咋地回帮法子哩？"

"这我想来,这村儿井少水缺。咱们要是还照以前的样子,叫乡亲们来了自己合闸抽水的话,他们肯定不好意思不给钱!"

宋初生说着不由自主地把冀郭村的一些状况在脑海里捋了一遍。

冀郭村不仅井少水缺,而且耕地也没几块好耕地,除了村周围有二十几块平整的耕地外,大多数的耕地都在沟里和山坡上。每年清明过后,不少往果树上喷药剂的村民或者往田里栽红薯苗的村民都会为找用水而发愁。自从宋初生搞起养猪场后,他在养猪场内打下的一口井便成了这些村民们的公用井。每天不管他们谁来挑水、拉水,宋初生两口子都会笑脸相迎,让他们自己合上电闸往桶里、水箱里灌水,从来没向他们提过钱的事儿。用宋初生的话来说就是一点水的事儿,不算甚!

"你计划咋办哩?"见丈夫发愣了半天的雷桂花催问着。

"我想在咱们场子这跟前修建一个水箱。"宋初生说:"咱们每天把水箱灌满,水龙头跟前放上一根塑料管子。"

"你的意思是叫他们随便用就对啦!也不用进来告咱们一声!"

"不用告!一点点水吭!有甚的告头哩!一告就啰嗦啦!"

"这个办法倒是可以!不过要是有人硬给钱儿的话该咋办哩?"

"咱是一个脸儿红!不管来的是谁,咱一律都不要!要是硬给了的,咱就抽时间给人家送回的!"

和妻子商量好后,宋初生自己投资一万多元在猪场前的一块高地上修建了一个容积有一百立方的水塔。从此以后,村民们不管是果树打药剂用水、还是修建用水和车辆加水,都到他这儿来灌水使用。有部分由于居住处地势高用自来水比较困难的村民见宋初生修建下水塔后非常高兴,天天到他这儿来挑水拉水。

维桑与梓,必恭敬止。

素有穷则独善其身,富则达济天下之志的宋初生看到自己门前每天都会有一些挑水拉水的人满载而去,他的心里总是美滋滋的。在他外出打工的十六年里,家乡的一草一木经常会在他的脑海中浮现,他非常期盼留有儿时印象的冀郭村能有一种崭新的变迁。在宋初生的记忆中,他的这种期盼随着他由大连辗转到平遥双庆铸造厂工作后变得更为强烈。那时候的他,每天骑着摩托上下班时都要经过西郭村、东城村、北城村、新南堡和南政等一些富裕村庄。这些村庄翻天覆地的变化令他常常羡慕不已,有时也会产生出一些内心的感叹:唉——冀郭什么时候才能和这些村子一样呢?冀郭为什么就不能和这些村子一样呢?

宋初生的这些问号有时也会随他的心情变成一些普通人的愿望:冀郭村要是能有几个工厂企业就好啦!乡亲们依托这些工厂企业就能过上和城里人一样的生活,自己这些青壮劳力不出村子就能找下工作,也不用遭受这些来回奔波风里来雨里去的洋罪。那时候的他也曾想过:如果自己有朝一日事业上能有所发展的话,一定要用自己的善意来帮助村里的一些人。因为在大连救过他命的那对兄弟的影子已烙刻在他的心底,使他经常鞭策自己要感恩于这个伟大的社会、伟大的时代,感恩于村里的父老乡亲和他脚下的这片热土。

窸窣的夏风轻轻飘悠着给人带来丝丝的清爽。

宋初生坐在场院里的一个小木凳上琢谋着自己下一步给村民们办点实事的打算,就在他想好后站起来伸了一下懒腰正要去帮妻子粉玉米料时,一辆黑色小轿车缓缓地驶进了场院。

"哎!你还愣甚的哩?"随着车门的打开,笑眯眯的许宝财从车里钻了出来。他见感到意外的宋初生有点发呆,便走到宋初生的跟前问:"是不是认不得老同学啦?"

"不是认不得!是想不到!"宋初生拿了两个小凳子和许宝财坐在一块阴凉处说:"十来年没啦见啦!看你这样子了是混得不赖!是不是当了老板啦?"

"说这了得感谢政策好哩!"许宝财谦笑了下说:"自从你离开扬平后,我在厂儿干了几年。后来看见市场上那灯饰买卖可以,我就开了个灯饰铺子。原以为比上班强就行啦!结果是一发不可收拾!"

"呵呵呵……一看你这派头儿就知道是发了洋财啦!"

"呵呵呵……还说我哩! 你这派头儿哩? 我看在咱们这村儿了也够可以啦! "

"咱这吭算哩? 硬是拿上苦劲儿熬出来的! 比不上你这个奸商! "

"呵呵呵……咱这是诚实劳动的成果,算不到奸商的行列。你哩? 除了这养猪场还想做些甚哩? "

"要说了想做的事情多哩! 可是按这阵阵这实力了是心有余力不足! "

"这就看你是要做甚哩? "

"我想给这村儿的人办些实事哩! "

"你要说这的话就难了! "

"这有甚难的哩? 咱办不了大的还办不了它小的? "

"呵呵呵……不是这个概念! 不在其位不谋其事。按你这想法已经超越了一个草民的范畴,这好像应该是村长们考虑的事情。你是不是想当村长哩? "

"这了不是! "宋初生很干脆地说:"我连想也没啦想过。"

"既然你没啦想过的话就不用考虑那些闲事情! "许宝财劝着说:"一门心思发展咱的事业比甚哩强! "

"说了也是! 可是都在一个村儿,光顾咱自家也不对! 再说咱也是穷家出身,咱能帮一把大家就得帮一把哩! "

"你要这样样想的话就得当村长哩! "

"呵呵呵……我哪儿有那能力哩! 咱一个打工出来的人,

哪儿有那些管理经验哩？能管好自家、帮帮大家就行啦！"

"谁说你没能力哩？我前头在俺老表姨家房坐了阵阵，俺表姨还夸你姊妹弟兄们孝道，说你和你姊妹弟兄们把两个老人伺候的周周道道，村儿的人都眼气得不行！你说这还能说你没管理经验？"

许宝财的老表姨也是冀郭村人。因为她常到宋初生家串门，对宋初生家的事情也知道一些。她和许宝财说的事儿宋初生还历历在目。

人都会有年老的时候，也都会有体弱患病的时候。宋显勋老两口就是这样，随着年龄的增长和身体的衰落，老两口儿一个患上脑梗塞，一个患上糖尿病，先后都病瘫在炕上。为了照顾好父母的生活，宋初生把在家的七个兄弟姊妹召集在一块儿开了一个家庭会议。

按传统观念而言，孝敬老人是儿女们应尽的义务。但宋初生觉得现实中侍奉老人不能靠自觉，因为实际生活中在这方面不自觉的人比较多，他们都会找各种原因来推辞自己的职责。这样的结果就会因儿女们的不自觉导致老人老无所养。为了杜绝类似现象在他们身上出现，宋初生的做法就是国有国法、家有家规，不能单靠自觉来照护父母。当时，宋初生的小弟还在大连工作，为此宋初生订下的规矩就是姊妹兄弟九个除小弟不在家不能参与照护外，剩下八个必须轮班尽照护老人的义务。

"你这个规矩订的好！"许宝财笑着说："不过咱们这农村地区了有一个乡俗：就是姑娘出嫁以后一般是不大管娘家的事儿。特别是在照护老人的问题上，有不少人认为老人的家产是儿子享受啦！照护老人应该是儿子的事情。我想了你姊妹们不可能不提这个问题！"

"这了确实有人提来！"宋初生略顿了下说："我说从法律上讲是男女平等，法律规定儿女有赡养老人的义务。从家庭方面来讲，老人在养活子女时候，从吃到穿到上学，老人对儿女都是一视同仁，没有偏待过儿子、也没有偏待过女儿，每个孩子都供养到高中毕业。虽然农村地区是有一些老乡俗，可那是旧社会的偏见。因为那个时代是重男轻女，女孩子不叫上学，所以出嫁后也不担当养活老人的重任。现在是新社会，老人们也没有这些偏见。从这方面来说当儿女的在养活照护老人的问题上也不应该分开男女。"

"嗯！你这说法有道理！"许宝财点了头问："可是你们享受这家产方面你又该咋解释哩？"

"这更好说！"宋初生看着许宝财说："俺房的情况你知道。眷舍的孩们比较多，老人留下的家产几乎是微乎其微。就两间窑洞还是老人住一间，奶奶住一间，把这留给四个儿子的话，这四个儿子几乎是没有什么可以享受的家产。所以我给姐妹们说谁也不要找借口，大家都没有不照护老人的正当理由。我这是说的道理。要是说到效果的话，如果儿子们讲了风格,不要你们养活老人,就是让儿子们在名义上担当起照护老人的义务。但实际上在农村不论哪家的儿子们也都是以打工为主,要靠当儿子的每天去照护老人根本做不到。因为养家糊口是男人们的责任,谁也不可能说不打工了、不挣钱了去照顾老人。在这种情况下要是叫儿媳妇去照护老人的话更是空话。"

"你说这了也是!"许宝财点了支烟说:"媳妇不是婆养的,和婆家的老人们有感情的不多。再说当媳妇的还得洗衣、做饭、照顾孩们,不可能全力来照护老人。要是单靠媳妇去照护的话,可能会使一些老人们老无所依,特别是病瘫在炕上的老人们,其结果也可想而知。说这了咱们这当儿的就不如闺女们,闺女是父母的小棉袄,就是嫁了也会经常找些借口回娘家来看看老人。"

"所以我说宽容了闺女,实质上是亏了老人。"宋初生感慨道:"听起来是当儿子的度量大,宽容了自己的姐妹。实际是冤枉了老人,最后的结果是没人照顾老人。"

"说起来你这姊妹们唡多!要是碰上眷舍有些困难的你咋办哩?"许宝财问。

"这好办!"宋初生笑着说:"咱是因人而异,以理服人,叫大家都高高兴兴地来把老人照护好就对啦!"

宋初生解决问题的方法很简单。比方姐妹中有提出自己身体不好,怕照护不好老人的,宋初生就给说可以让她的儿女们来代替。因为自己为养活儿女付出了心血,儿女们又是自己家产的继承人,儿女们有义务来替自己的母亲来担当这份责任。这样不但给孩子们树立了榜样,而且还能使孩子们懂得知亲至孝的道理。比方有上班族说自己工作忙的,宋初生就会说你们过节还讲究调休哩!这照护老人的事情为啥就不能调整一下时间呢?咱们这也是,你平常顾不上可以和兄弟姐妹商量的调到节假日。还有就是孩子小、家务事多忙不过来、想缓上一两年再照护老人的,宋初生就会说孩子小,你可以一边照护老人一边抚养孩子,咱总不能说把孩子养大一点了再来照护老人。因为老人的时间有限,谁也不能肯定老人能活几年。要是过上一两年老人没了,你说你来照护谁哩?咱们不管是谁?照护老人的责任必须轮班承担起来。要是一时有困难来不了的,可以告诉哥哥弟弟,由我们三个来轮流代替。咱这样灵活些儿哩!就是要咱姊妹弟兄们都知道自家应该承担的责任。

宋初生的一席话得到了姐妹弟兄们的理解。在此后的四年中,宋初生的五个姐妹你来我往,尽心竭力地照顾两位老人。三个媳妇一看自己的大姑子,小姑子都能克服困难每个月都抽时间来照料老人,心里非常感动。她们三个聚在一起说,你看人家嫁到外村的闺女还能来照护老的,咱们这在村里的为啥就不能呢?三个媳妇一呼齐应加入到照顾老人的行列。五个闺女一看弟媳、嫂嫂们也按时守分问寒问暖很细致地侍奉老人,她们来回奔波照护老人的积极性更高了。从此开始,五个闺女三个媳妇连续四年精心照护老人的事迹在冀郭村传为佳话。村里知道内情的不少老人一聊起宋显勋两口子患病瘫在炕上的事儿来,都会羡慕地夸上一句:看人家这些儿女们,真是孝道!

由此宋初生觉得百善孝为先,孝是第一个行善的事情。身为儿女的应该把这个"孝"字放在心上,用在自己的行动上。不能把一颗心都放在自己孩子的身上,在日常生活上只管孩子不顾老人;更不能在自己孩子身上花几千几万几十万上学修房都舍得,而在老人身上花几百几千元看病就舍不得。因为面临油干灯灭的老人的生命更值钱,他们对生命的奢望更强烈。如果将一位老人的生命和一个孩子相比较的话,孩子的生命就可以用年来计算,而老人的生命只能用天来计算。

对农村一些个别老年人来说,由于长期得不到儿女们的关爱,使他们的内心受到一种委屈,所以这一天的意义对他们来说非常深远。要是我们留心这些老年人的生活的话,在老年人群中就会常常听到这样一句话:咱老啦!甚也不用管啦!能多活一天是一天!从这句话里我们可以听出老人们对生命的叹息无奈,也可以听出他们对生命的留恋不舍。也许生命的意义对我们每个人的理解来说会有所不同,但在弘扬中华民族优良传统、孝敬至亲老人、珍惜老年人的生命上应该是相同的。

"你这做法对的哩!无规矩不成方圆。"知道了原委颇有同感的许宝财说:"现在的人不少是只顾眼前不管身后。其实每个人都会有老了的一天,如果到那时咱们自家的子女对自己不顾不问的话,那我们又会怎么想呢?"

"说起来咱们这农村的一些老年人,晚年得不到儿女的照顾是一种人为的悲剧。"宋初生叹了一口气说:"有的人虽然对这个照护老人的事能理解了,和人说起来也是头头是道,可是轮到自家的时候就会因为各种因素做不到。"

"这了不用说人家,在这方面我也做得有些儿欠缺。老觉见老年人吭! 多给买些吃的、喝的就算尽了孝道啦!"许宝财有点不好意思地说:"通过你这事情我算是明白啦! 老人们需求的不只是吃喝的问题,还有一个儿女们能经常守在身边关爱的问题也不能忽视! "

"其实有时候儿女们的关爱更能温暖老人们的心,比一些好吃、好喝还厉害哩!"宋初生感叹道:"老人们的心都很善良,不少老人在经济上并不想拖累儿女。所以咱们更应该关爱他们的生活,让他们开开心心地过好有限生命的每一天。"

"你这话细细想了也是! 这关爱老人的生活就等于关爱咱们自家的生活一样。"

"不错! 要是你这阵阵不关爱老人的生活,你的下一代就不会关爱你的生活,这就等于咱自家不关爱自家的生活。"

"呵呵呵……看来老同学你是大彻大悟啦！"

"咱也不是大彻大悟！说起来咱也是经历过生死的人，觉见这人要是行善学好的话，首先应该从孝敬老人开始。"

"呵呵呵……你这话要不是点化老同学的话，你就是有了新想法啦！"

"呵呵呵……有了也不能少了你的功劳！"

"因为甚哩？"

"因为咱们一直在道歇这个照护老人的问题。所以我想这猪场买卖要是还可以的话，我就把全村六十岁以上老人入合作医疗的缴纳费全包了。"发自内心的尊重爱护老年人的宋初生说："这哩能减少老人们的一些后顾之忧，对他们的健康有好处。"

"你这想法还是我前头说来的那句话，"许宝财笑着说："你得当村长哩！要不了的话，你想帮村民们的一些事情就没办法进行。"

"呵呵呵……当甚的些村长哩？就咱这水平还能管理好这一个村儿？能管好自家就不错啦！"

"能管理好自家就证明你能管理好全村。古人讲正心、修身、齐家、治国。我看这个齐家的齐字就不止是个成家立业的意思，这个齐字应该还有一个管理的意思，就是能管理好自己家的人才能入仕做官。"

"呵呵呵……村长还能算一个官儿？说起来只能算村民

的代表而已。要是一个村长把自家也看成高村民一头的官儿的话,那就不好玩了!"

"哎!老同学你可不敢小看了这个村长二字。对一个村来说,能选出一个好村长来是全村之福,要是选出一个赖村长来就是全村之祸。以你的才能和想法,我劝你还是出山为好!"

"呵呵呵……还出六哩!我又不是古代隐居的高人。走哇!咱们吃饭的!"宋初生说着和许宝财各自驾车去了邻村的一家小饭馆。

从这以后,有不少的村民隔三岔五地到养猪场来劝宋初生出来当村长,但先是拒绝后是推辞的宋初生犹豫着。

我是村民的司机

2012年全省归党工程农业创业培训山西农大培训班(一) 留念

　　宋初生犹豫的原因很简单。他觉得自己现在的养猪事业很顺,他想在养好猪的同时,用自己的小轿车帮乡亲们能解决一下出行问题就行啦! 没必要卷入纷纷扰扰的村务之中。

　　宋初生的小轿车可以说是村民们的公务车。自从他有了一辆小轿车后,他的事务也变得多了起来。村民们家中的一些车站接人送人、婚事用车、往医院送病号以及一些着急去市场购物等不少差事都落到了他的头上,他呢都是来者不拒。不管村民贫贵,只要一接到他们想用车的电话,他都乐呵呵地驾着自己的车去出"公差",从没收过任何人的报酬,也没计较过车的磨损。用他的话来说:都是一个村的人,村里有车的人不多。人家用咱的阵阵功夫是看得起咱! 咱应该给人家当好这个司机。

俗话讲人心都是肉长的。随着时间的推移,村民们把宋初生在村里一直为大家当义务司机的事儿都看在眼中,记在心里。村民们经常在私下议论宋初生的为人,这个说:初生这人不赖! 自己富了不忘咱们,是个难得的好人! 那个说:要是像他这样的人给咱们当村长的话,咱们村肯定不是现在这个样子! 咱们应该选他当村长! 村民们议论的时间长了,一些想让宋初生领他们干的村民便三三两两地去养猪场做开了他的思想工作。

世上的事物历来就有正反两方面的认知。就村民们议论选宋初生当村长这个事儿客观地来看也是这样,在大家的议论声中也有少数村民持反对意见,这部分人觉得宋初生当村长除了在管理经验上欠缺外,主要就是考虑他的能力,在他能否为大家利益着想方面做文章。还有个别一些人持观望态度,他们觉得选谁都一样,对自己无关紧要。

不管赞成也好, 还是反对观望也罢。对冀郭村的村民来说,这"村长"二字其实是他们心中难以松解的纠结。多年来,他们一直盼望能遴选出一个带领大家修路、打井向致富之路迈进的人,可是每次的遴选过后,他们都会在浮想联翩中把自己当初的期望随着每天日出日落时光的流失慢慢淡忘。当宋初生这匹黑马在村里凸显出一种让他们可以自信的能力后,不少村民把目光渐渐地聚焦到了他的身上,希望他能站出来挑起这个重担。

冀郭是一个离城区较远的小村子,村里集体资金的匮乏一直是制约着全村的发展。面对一些村民的好言相劝和期盼的目光,宋初生也一直在村事和家事的矛盾中思考着。以他的本性来说,他很想为乡亲们多办点事儿,也想站出来领着大伙儿把冀郭村搞得有声有色。可要是这样干的话,他辛辛苦苦发展起来的养猪事业就会受到影响,他正在走的做大做强自己循环农业绿色农业生态农业链条的路也会暂时中断。他为此也和一些前来相劝的村民吐露过心迹,说让我帮大家可以,咱们就像现在一样,我一边搞自家的事业一边尽力而为地帮凑大家一些就行啦!没必要当那个村长。但这些村民们的说法和他同学许宝财劝他的话差不多,说你不在那个位子上你怎么能老考虑我们大家呢?有些事情你就是考虑也是名不正言不顺的办不了。有几个和他交往厚道的村民也说初生你就干吧!大家推荐你是看得起你,你就不用端架子啦!你发了财不能不管大家!怎么办呢?宋初生一时难以决断。

俗话说事不关己关己则乱。怀有一颗仁爱之心的宋初生也是这样,虽然他早有帮助村民做些实惠事情的宏愿,但事到临头他不免还是感到有些慌乱无主。每次等劝说他的人走后,他都会掂量着自己扪心自问:要当村长就得给村里修条好路、引进项目、引进资金,这些事情咱能办到吗？丈夫的举动雷桂花看在眼里,明白丈夫心思的在一次来串门的人走了后的她立马数落开丈夫:"你这人也是！不就是个参加竞选的事?他选上了就当当!选不上了拉倒!咱正好儿专心干咱家的。何必要把自家弄得神神道道的?不知道有甚的麸子黑面哩?"

"这你不知道！"宋初生叹了口气说:"这不是选上选不上的问题,是这个村长咋地回当的问题！"

"大家都是人,那还要咋地回当哩?人家咋当咱就咋当!咱学人家当过的人不就对啦！"

"对甚哩？要照你那说法的话,大家选咱和选别余人有甚的区别哩？"

"没区别他又能咋地哩？这村儿壳底子就是一个穷村儿,光凭你一个人扑腾就能给闹的有了?"

"这我倒是不担心,只要咱多跑些部门多搞些项目,还是有希望的！"

"那你担心甚哩？"

"我就是担心咱们这猪场。"

"一个猪场有甚的担心头哩？咱们好好喂不就对啦！"

"我说的不是这。"

"你不是这是甚哩？"

"你看人家这老话说一心不能二用。我是怕我做了那的话,咱这猪场就顾不上啦！也不能往大闹啦！"

"这怕甚哩？说你能不能定下心来哇？你要是定下心来要管村事的话我也不拦你，这眷舍的活计和猪场的事情我都不用你操心。至于说猪场闹大的事情你也不用多考虑，既然你谋下为村儿，咱就得有割舍哩！一个猪场吭！这阵阵顾不上闹大的话咱就等以后。"

"问题是等以后的话你就不怕少挣下钱儿？"

"少挣就少挣两个哇！那世上的钱儿再多哩！你说还能叫咱都挣了？人不能光希图两个钱儿！能靠咱自家活出一个自在的体面来比甚也强！再说那搞生态农业的技术在咱手儿握的哩！咱过几年想闹大的话也不迟！"

"按说了也是！只要你不后悔就行！"

"我后悔甚哩？说你能不能把这村儿搞好哇？只要你有本事把这村儿搞好，叫村儿的人都信服了你，叫我走到街上也觉得脸上光彩！你说你要是能做到这的话我因为甚要后悔哩？"

"呵呵呵……看来我要是当了搞不好的话，不用说交待咱们村儿的人，就是连你这儿也交待不下的！"

"那当然啦！咱既然没那把儿（把握），就不要骑人家的那拐马儿！"

雷桂花的一席话使宋初生感到有一种在警告中的关切和在鞭策中的支持。警告使他要规范自己的行为，鞭策使他要把村里的事情干好。可是怎样才能把村里的事情干好呢？

宋初生反复琢谋了几天后,他拿笔写下了自己有生以来的第一份工作计划,也就是村长竞选承诺书。具体内容也很简单:"竞选人宋初生承诺:扶助全村老人,关爱所有学生孩子。合理调配水源,发展深井浇地防旱。自来水吃饱,庭院菜地浇好。硬化村内外道路,体现修路致富理念。引进金融资金,争取国家扶持项目。"

宋初生把他这份朴实无华的竞选承诺书打印在一沓浅红色的小方纸上,给每家每户的选民送了一张,以让他们今后监督自己的言行。

言必行、行必果是村民们衡量一个农村干部是否为民办实事的标准。宋初生在村民们的拥戴中高票当选为村民委员会主任(老百姓常叫的村长)后,他干的第一件事情就是按照自己的承诺把全村 60 岁以上老人的新型农村合作医疗缴纳费用全部集体解决,以保障老年人的就医看病。接着他又利用自己的水井、水塔给全村人免费提供饮用水保障,在全天候保障每家每户自来水足量使用的同时,也保证了他们的庭院菜地灌溉用水和村民们修房盖屋的建设用水。这两件事办妥后,他给乡亲们表态说:要是集体的资金不足的话,这些费用就由他自己来出,等集体资金充足时再由村里解决。

这时候,在宋初生口里素有贤内助的雷桂花也用自己乐施好善的行动来支持丈夫的工作。她在免收学生洗澡费的基础上,不但很干脆地免了全村人的洗澡费用,而且还拒收一些到她家来买菜村民的买菜钱。用她和丈夫商量的话来说：你现在是村干部了，不能在乎这两个钱儿！

老婆的配合简直就是锦上添花，使宋初生走马上任后的工作得到了村民们的交口称赞。一些好心的村民见宋初生没有调整村委人员，便悄悄到他家里给他说人家其他人当了村长后的首要工作就是调整村委班子人选，你可倒好！除了给大家办实事兑现自己的承诺外，这村委的人选好像你就没啦考虑过！你这可不行！应该把这些碍手碍脚的人都换下来，要不的话你以后的工作就不好开展。宋初生说这些人熟悉村委的工作，只要他们愿意和我一起给大家办实事、办好事，这些人就不能换了！对一个村来说，村委人选来回调换的勤了并不是一个好事情！也很容易形成山头帮派，这样的话就不利于村内的稳定。我的理念是全村大团结，冀郭梦成真。一个村子要想发展的话，必须从稳定开始。我这人不喜欢拉帮结派，也不想在村委里面安插一个所谓的自己人，冀郭村从我这儿开始也不会再有新的帮派。因为在一个村子里拉帮结派实际上就是画地为牢、自我束缚工作的开展。

君子朋而不派。说起冀郭村的拉帮结派来，村民们跟着可谓吃尽了苦头。一位老党员告诉笔者：冀郭村的拉帮结派比较典型。从二十世纪六、七十年代的两派衍生到九十年代后的家族宗派，一直影响着村干部班子的稳定和整个村子的发展。

　　没有帮派是宋初生的心愿，也是冀郭村所有村民的心愿。按人之常情和大多数村官的常态来说，宋初生当了村长拉拔自己的一些亲信、自己人来共同理政也是很正常又平常的一件小事。哥们嘛！提拔一下也是天空飘来六个字儿，那都不是事儿的事。但宋初生觉得自己不能那样干，如果自己那样干的话就会辜负乡亲们的信任，也有失公平。事实证明，宋初生不拉帮结派、不提携自己人的做法不但团结稳定了一个村委班子，而且还凝聚了人心，使村民们有了建设美好家园的信心。

　　得一官不荣，失一官不辱，勿道一官无用，地方全靠一官；穿百姓之衣，吃百姓之饭，莫以百姓可欺，自己也是百姓。从农家和打工生涯走出来的宋初生深知农民的困苦，也愿意去了解农家的困苦，更愿意去帮助他们解决这些困苦。他虽然当了村长，但却从不把自己当村长看，经常和村民们打成一片、倾听他们的心声。村民们也从不把他当村长看，无论谁家有事，都会打电话找他帮忙。今天是：喂！初生，俺儿要去太原的哩！怕赶不上车哩！你给咱们往车站送一下哇！明天是：喂！初生！俺孩儿结婚要用一下车哩！你给咱们开过来哇！后天是：喂！初生，俺老婆肚儿疼得不行！你和咱们去去人民医院哇！类似这样的求助电话有时宋初生一天就能接好几个，接到电话的他只要没其他村务工作耽搁的话，他都会驾车去为这些人当差。

有一次，身患糖尿病的村民宋杨杨半夜突然发病，当时他的两个女儿都不在家，也找不下一个车，他老婆抱着试试看的心理拨通了宋初生的手机，睡眼惺忪的宋初生接了电话后二话没说，当即开车把宋杨杨送到了医院。

宋初生是个对老年人有一种特殊情结的人。村里六十岁以上的老年人不管是哪个病了，他都会或多或少地给上他们一点钱，让他们能放心地去看病。在 2013 年冬季期间，六十七岁的村民宋锦彪忽然患病，由于他儿子远在河北，家里没人陪老人去医院看病。宋初生闻讯后赶忙去了宋锦彪家，他一边帮忙打电话催他儿子赶紧回来照顾老人，一边把身上仅有的一千元给了宋锦彪。过了两天后，宋锦彪的儿子找到宋初生说县医院给检查啦！让到太谷医院去复诊一下。宋初生听了，马上从家里又拿了两千元给了他，让他赶快带老人去太谷医院。

老吾老以及人之老，幼吾幼以及人之幼。在宋初生的心里，每个老年人都是村里应该关注的宝贝，每个孩子都是村里应该关怀的未来。他虽然不可能时时处处都把所有村民装在心里，但在办一些事情的时候，他首先考虑的还是村民的利益和整个村子的发展。

宋初生搞的四位一体的生态循环农业养猪场成功后，引起了外界一些用户单位对他的关注。晋中市某局的两位副局长先后到他的养猪场参观了两次，每次参观完后对宋初生赞赏不已,并劝他不要当村长啦！跟他们去市郊合作搞一个上百亩的生态农业养猪场比当村干部强！你要高薪也可以,想拿技术入股也行了！宋初生当即表态说:要合作可以！但我有个条件,就是你们要把这个猪场建在冀郭。那两个副局长有点不解地问他为什么？宋初生说猪场建在冀郭可以带动全村的发展,村民们也能有个活计干！那两个副局长听了摇摇头走了。

事后,村里一些知道内情的人笑话宋初生傻,把送上门来的财神爷放跑了。但宋初生却不这么认为,他觉得既然自己挑起了村长这副担子的责任,就不能老打自己一亩三分地的小算盘。特别是在一些项目的合作上,必须做到眼里有群众,心中有全局。只有这样才能把一个村的工作搞出眉目,才能使群众的心目中有自己的一席之地。用宋初生的话来说:咱自己也是一个普通的村民,不能因为当了村长就给人端起个架子！要经常想想自己这个村长是怎么来的？自己应该干什么？

在这里也许会有一些读者产生疑问:你当村长就当村长呗！干吗要做那些啰唆事儿呢？要回答这个问题其实很简单,古人留下有"欲知山中事须问砍樵人"的经典诗句。这对一个蹲守在基层想为村民做点实事的村长来说,接近村民、深入村民、了解村民就是他搞好村里基础工作的有效方法之一。要是用宋初生的话来讲:咱本来就是一个村民,为啥不能靠近村民呢？

一切为了村民，一切依靠村民。从村民中来，到村民中去。宋初生这样干的时间长了，一些村民便开玩笑地和他说："初生，你不是咱们的村长，是咱们村民的司机。"

宋初生笑着说："我本来就是大家的司机，我也应该给大家当好这个司机。"

有一次，一位让宋初生送她到城里办事的村民问他："初生，像你这样成天开着车老给大家跑项目支闲差的累不累？"

宋初生依然笑着说："不累！只要大家愿意用我的车就不累！"

宋初生这话一点儿也不假。自从他当村长后，他的车就变成了一张他和村民相互靠拢的检验卡，也是一座相互沟通交流的桥梁。他觉得村民们用他的车的人越多，就证明认可他工作的人也越多。

从管理的角度来说，认可是一种激励，也是一种鞭策，更是一种支持。在工作中有时候也是一种亢奋剂，其作用虽然不能用巨大等一些词来形容，但其能调动被认可者对工作主动积极性的作用却不能小觑。宋初生就是这样，他在给不少村民们的"出差"过程中了解他们都认可自己的工作后，他想给村里办实事的信心就更足了。

送冀郭村老人去洪善镇卫生院看病

创办酥梨专业合作社造福桑梓

宋初生(右)同村委监督委员在发展的现代农业果园区

有信心就能办成事儿,但要办成事儿就必须解决资金的匮乏问题。可这问题怎么解决呢?宋初生经过几天的反复考虑后,觉得还是应该发动村民从发展林果业开始向一村一品的富裕村迈进,从立项目开始求得上级有关部门的支持。

宋初生把自己的想法告诉了几名村委委员和村民代表,他想征求一下他们的意见。在这儿说起来这几个村委委员和村民代表对县委政府提出的振兴农村经济的一村一品之路、专业合作社之路并不陌生,因为当时平遥的一些一村一品村和专业合作社在全县乃至全省已相当有名气。比方说木瓜村的苹果,郝开、郝温村的酥梨等等,这些村的村民家家户户都是种植的果树,依靠果树每家每户的年收入都在七八万元以上。冀郭村的村民们一提起这些村子来,个个都是羡慕不已。虽然他们也前后陆陆续续栽植了1800亩梨树,但由于起步晚,村民们各自为政零散经营,没有形成"拳头"在市场上闯出名气,吃了不是一村一品村的亏。所以当他们听到宋初生要带领大家向一村一品发展的想法后,几个村委委员和村民代表立刻报以掌声通过。

宋初生在征得大家的同意后先从解决村民们急需的灌溉用水和饮用水着手,在水务局的支持下,自己筹资打了一眼100多米深的机井,并把管道铺设到每家每户。使村民们在缓解灌溉需求的基础上彻底打破了以往自来用水的瓶颈。

水是生命的源泉。村民们看到村里多了一眼深井和宋初生自己的水井水塔一起供他们用水,一种欢喜不言而喻,都挂在了他们的脸上。看到乡亲们高兴,宋初生的心里也有一种说不出的高兴。然而在高兴之余,他不敢有丝毫的懈怠。因为这时他已知道县里有复垦土地的项目,如果能争取到这个项目,不仅能把村东东塬上的一些荒坡荒沟荒边角地变成耕地,而且还能变废为宝,为村里增加新的果园,为村民们增加一笔收入。可是这项目怎样才能拿到手呢?宋初生琢谋了几天后写了一份议案,通过县人大代表交到了县人大,县人大议案组审议通过后转给了县土地局承办。在经过县土地局实地勘察后不久,晋中市土地局下拨资金,支持冀郭村完成东塬复垦土地项目工程。宋初生在机具车复垦土地 500 亩的同时,他又组织村民们复垦土地 300 亩,使村里新增耕地面积 800 亩。

有耕地就能发展果树。宋初生为了提高村民们向一村一品方向迈进的信心,他找到县农委主任刘继林谈了自己的想法。刘继林和农委的一班技术人员经过几次实地勘察后,在 2012 年免费为冀郭村提供酥梨树苗两万多棵,宋初生发动组织村民栽植酥梨树苗 500 亩。并于 2012 年 12 月份组织 50 户果农创办成立了平遥县洪善镇酥梨专业合作社。可以讲,县人大、土地局和县农委等有关部门大力扶植三农的做法使冀郭的村民们尝到了惠农政策的甜头。

有甜头就有干头。当 2013 年县农委又免费为冀郭村提供的四万多棵酥梨树苗运到冀郭村后,心怀感念的村民们不等村委组织就拿上自家的铁锹水桶赶到地头,在复垦的土地上栽植酥梨树苗 800 亩。进而使全村果树面积达到 3000 多亩,人均果树面积 3 亩,在果树规模上初步达到了省市县有关一村一品的标准要求。

果树面积的扩大,不仅绿化了村里的整个丘陵高田,而且还成了冀郭村的一只"凤凰"。当县农委在 2013 年把冀郭村的果园以现代农业示范园区"精品果园区项目工程"上报到省农业厅后,省农业厅有关领导和科技人员经过一系列的实地勘察评审,决定立项并下拨资金 180 万元,在冀郭村精品果园区内修建五点五公里长的园区简易硬化循环路和两万多米长的地下灌溉管网。并在当年下拨资金 30 万元,扶持冀郭村完成园区内简易硬化循环路三公里。

宋初生在上级的扶持下组织村民打造精品果园区的同时,他紧抓县里修建五里庄至兴盛线公路的机遇,利用冀郭塔和慈相寺是旅游景点的优势,多次跑到交通局求助。在交通局的全力支持下,宋初生组织村民修建了一条不到两公里长的贯通五兴线的水泥路。从此改变了以往冀郭村民出村进城只有一条路的历史。

俗话说得好:不怕人不知道,就怕自己做不到! 在笔者采访宋初生为村里办了那些实事时,有点不好意思的他笑了笑说没有几件,主要就是这三两件,没甚! 宋初生说的"没甚"到了村民们的嘴里可不是这样。冀郭的村民一说起宋初生带领大伙儿给村里和群众办了的事情来,几乎是如数家珍,一件不落。有四五位六、七十岁的老人告诉笔者,宋初生自上任后,在不到两年的时间里真抓实干,不仅提前兑现了他的竞选承诺,而且在工作上还超出了村民们的想象,算起来让村民们满意的事情干了有十七、八件。

一是解决了村民的吃水和灌溉用水。二是在交通局的支持下带领村民修了一条出村的水泥大路。三是协调有关部门在主干街道上安装了十五盏太阳能路灯。四是协调电力部门在村里安装了一台增容 100 千伏的变压器，解决了全村电力不足的问题。五是筹资四、五十万资金修建了一个村民文体活动场所。六是筹集资金重修了支部活动室。七是复垦了土地，栽植上梨树，成立了酥梨专业合作社，让村民们在一村一品路上得到了实惠。八是协调善信耀光电厂出资修建了一条五里多长的排水渠道，解决了多年来雨涝时路水淹没庄稼和村里排水不畅的问题。九是和有关部门协商在冀郭村起（平遥方言，申办）了一个庙会，每逢庙会时他都会筹集资金请剧团演出，活跃了村里的商业流通和文化生活。十是想方设法解决了本届村干部的工资问题。十一是筹资打了两眼深井，彻底解决了村民们灌溉难问题。十二是每年春节给每家每户发一袋白面，并慰问老弱病残的群众和村里的老干部。十三是在重阳节自己掏钱请全村老年人吃饭，使村里的老年人第一次感受到大伙儿一起过老人节的欢乐氛围。十四是从尊重妇女、倡导文明新风的角度出发，自筹资金在村里举办了一次乡村文化舞蹈节。十五是免收全村人的自来水费用和全村六十岁以上老人的合作医疗缴纳费。十六是冬天组织村民清扫街道积雪，改变了以往道路积雪无人过问的历史。十七是虚心听取群众意见，改变了村干部的工作作风。十八是联系了一些影视公司在慈相寺内拍摄了《聂荣臻》、《黄金背后的女人》、《我和我的传奇奶奶》三部电视连续剧，使冀郭塔和慈相寺的名气播撒全国。十九是在村里开了春节团拜会的先例，并利用团拜会向群众和在外务工人员请教村里的发展大计。

平平淡淡的村事，平平淡淡的人。可能这在一些人的眼里不算什么，而且说不定还会有人这样说：不就是和村民走的近，搞了一些工程的简单事儿？这有什么可炫耀的？这些事儿我是不想干，我要是想干的话会比他干得更好！

话可以这样说，但宋初生干的事儿却不能这么简单评价。就拿宋初生在村里搞的一些工程来说，无疑是一块抢手的肥肉，也有好几种干法。对于个别一些村的村长来说，除自己承包后找人干以外，比较"妥当"的方法就是承包给一些施工队干。这些方法传到宋初生这儿后就大变了样，他觉得这两种方法都不可取。那么，宋初生会采用什么方法呢？

说起来宋初生采用的方法很简单，每次的工程都是组织村里的村民一起去干。用他的话来说：这工程是村里的，也是大家的。既然有钱可赚，就应该叫大家一起来赚。自己作为村长，不能把这工程当成自己的私活。一些村民担心大家一起干的话，工程亏了会拖累住他们。宋初生听后立马给大家表态：你们放心大胆地干哇！这些工程赚了都是咱们村集体和大家的，工资一分钱也不会少大家的！要是亏了赔了的话，就算是集体的，也是我个人的！我想办法来给集体补上欠款，给大家发了工钱。村民们一听这些工程赔了也与自己无关，而且还有钱可赚，便放下包袱高高兴兴地投入到工程项目的建设中。

有活儿可干、有钱儿可赚,这对村民来说无疑是件好事。但对宋初生个人来说,却是喜忧参半好坏各半的麻烦事儿。因为手中有权村里有工程,盯上他的人也比较多。在这些人中,有托熟人介绍过来的包工头儿,也有他熟悉的一些亲朋好友。这些人的出现,使宋初生感到左右为难:给他们干吧,自己想让村民们赚一点工钱的打算就会变成泡影。要是不给他们吧,自己就要得罪这些人。在这个人情世故氛围比较浓厚的圈子里,得罪人可不是好玩的事儿。怎么办呢?宋初生坐在院子苦思冥想了一阵后忽然觉得这事儿也好办,因为自己手里的工程就一两个,如果给了其中一个人的话就会得罪其他人,可要是一视同仁谁都不给的话,这些来找自己的人谁也没有话说。就在宋初生打定由村委组织村民施工的主意后不久,许宝财开着轿车进了场院。

"初生,你这独自家坐到院儿瞎想甚哩?"下了车的许宝财满脸堆笑地拿了个凳子坐到宋初生对面问:"是不是又想你的冀郭梦哩?"

"咱不做还能行?这都是咱给人家立下军令状保证过的。"宋初生边说边猜测着许宝财的来意问:"你咋地跑回来啦哩?是不是你的那好买卖不想做啦?"

"不做还能行? 咱这是有买卖就不能放过的人,不管它哪儿有了买卖都少不了咱的影子。"

"听你这口气了是在咱这儿踅摸下大买卖啦？"

"嗯！是一笔大买卖，和我半年多的买卖收入差不多。"

"还是你的那灯饰生意？"

"不是！是一个工程？"

"甚的工程哩？"

"修路路的！"

"呵呵呵……你还能修了路路？"

"修了！修一个路路还不简单？夯实路基铺上沥青，要不就是打上混凝土路面。都是粗活计，又没甚的些技术难度。咱们谁也能做了！"

"呵呵呵……看把能的！你这工程在哪儿哩？有空的话咱们也去参观一下！"

"要看我的工程还不简单！远在天边，近在眼前。你连村也不用出！"

"呵呵呵……你快不用忽悠人啦！这村儿还能有了你的工程？你做梦的哇！"

"咋地还能没啦哩？有你老同学在这儿坐镇还能没了？"

"呵呵呵……宝财你快不用开玩笑啦！就俺们那一格丝丝烂工程还敢劳驾你？连你的牙缝缝也塞不住！你快不用逗啦！"

"我不是开玩笑！也不是逗！我是真的想揽这工程哩！要不是这的话，千里迢迢的我就不专门跌这一趟啦！"

"唉——想不到你也盯上这买卖啦！"

"咋地？我就不能做这买卖？"

"能是能！可是在我这儿不能！"

"因为甚哩？是不是我来得迟啦？你把工程给了别余人啦？"

"没啦！我谁也没啦给！宝财，这不是你来的迟早的问题！是这工程不能叫你干的问题！"

"因为甚不叫我干哩？这工程我在外头揽的也干了好几个啦！给人家交差的时候质量都没问题！"

"这我相信你！可是这不是我一个人说了算的事！"

"你快不用哄我啦！你是村长，你要是说了不算的话，这村儿谁敢说了算哩？"

"村民们！"

"哼！村民们算个甚哩？你看看现在这些村儿，哪个村的工程不是村长说了算哩？又有几个村的工程不是包给村长的熟人干哩？"

"俺们这村儿就不是！"

"不是的话就是村长自家揽的干哩！初生你是不是也想自家干哩？"

"不是！我是以村委组织的形式给村民们干哩！这样的话村民们也能挣几个油盐酱醋钱。村委办公也能有几个活钱儿。"

"初生你是不是傻啦？"

"我好好的傻甚哩？"

"你说你不傻的话，咋地还能把到手的财神送给别余人哩？"

"我想帮他们哩！再说咱是村长，不能见钱眼开。"

"哼！屁话！我知道这个事情你是不好意思出面！我看这哇！你只要松松口把这工程给了我，我保证咱们两个是二一添作五。这样的话咱们是天知地知，我觉见其他人也不能咯喃你半个甚字！"

"呵呵呵……宝财你想的太多啦！我根本就没啦那想法。要是有的话不用说咱们同学，就是俺的亲戚也有好几个想包哩！都叫我打发走啦！"

"呵呵呵……这了还算你聪明了一次！做这买卖了是亲戚的嫌疑比咱们同学多！"

"宝财你快不用绕弯弯啦！这工程真的不能给你！"

"你是不是铁了心不给？"

"宝财你快不用挣个这啦！不管咱们挣下多少，手儿的宽裕度总比俺村儿这些人强！蚂蚱口儿抢露水，和他们争剥这两个零花钱儿没意思！"

"甚没意思哩？初生，看来你这人是变啦！刚当了两天村长就翻脸不认人，连咱们这个老同学的面子也不给啦！"

"宝财，不是我不想给你，是不能给你，真的不能给！这你应该理解，我的工作也难哩！"

"好好好！你工作难的哇！我看你是难的连个人情味儿也没啦！你好好想想哇！最好是想想咱两个以前的事情！"许宝财气愤地说着哼了一声后，开上他的轿车走了。

"这人咋地还能变成个这样子哩？自己已经是有钱人啦！为什么还要到处搂搜钱儿哩？难道这个世界真的只剩下钱了吗？"看着许宝财走后感到失去一个好友的心里空落落的宋初生怔怔地在场院想了一阵后走出院门，向村里的一家危房户走去。

冀郭村的危房不少，如果按户数计算的话，不下十来户。每逢下雨的时候，宋初生都为这些人家揪着一颗心。在前几天查看这些危房时他还给了一困难户七十元钱，让她们赶紧买块塑料布盖在屋顶上。对这些危房级别较低的住户来说，多雨季节在屋顶盖块塑料布是预防屋顶漏水和次生灾害的有效办法之一。自从宋初生上任后，只要天气预报说有雨，他就赶紧提醒他们在屋顶铺盖塑料布。可是，这塑料布毕竟不是万能之布，除了对危房级别极低的人家有点儿效果外，对那些危房级别较高的人家可以说作用不大。

当时候，村里有一位七十多岁的老太太和儿媳妇就住在属于年久失修的老危房里。宋初生协调乡政府给了她们两千元的危房补助，让她们找人把房子修缮一下再住。不料婆媳两人却为此吵闹起来，她们都想把这笔钱掌控在自己的手里。这是咋回事儿呢？心里打着疑问的宋初生到她家后听了两人的哭诉后才明白了其中的内情。在这儿说起来也是这位膝下有一女一子的老太太命苦,虽然儿子古亮在外地的铁矿上工作了有一年多啦,但古亮却不回家,也没给她们邮寄过一分钱,使得婆媳两人和一个孩子的生活过的非常拮据。

宋初生了解了情况后,他先安排她们到学校的两间空房子去住,等家里的老房子翻修好了再搬回去,但她们嫌学校的房子不好不想去。这人要不去的话待在老房子里就有潜在的危险,而且这危险还是一种不定时的炸弹,让人揣摸不到具体的发生时间。怎么办呢?宋初生在"钉子户"的顽固和人命关天的追责中略想了一会儿,觉得还是和古亮联系一下让他回来处理比较妥当。因为古亮的老婆这会儿不止是不想搬家维修房子的问题,而且还萌生了要离婚的念头。

熟悉农村生活的读者可能都知道,对农村的男青年来说,找一个和自己能过日子的对象并不容易。对此深有体会的宋初生一看事态不好,赶忙催他媳妇给古亮打电话。古亮的媳妇说她老公的手机欠费啦,打不通。宋初生就给古亮交了二十五元的话费,然后要通了古亮的手机。宋初生给他说了家里的情况要他赶紧回来,但古亮却找借口不想回来。宋初生觉得事关古亮的家庭婚姻,要是他不回来的话不仅老人的住处没有着落,就是他的婚姻也会因此出现裂痕。要是处理不好的话,很有可能导致一个家庭的破裂。怎么办呢?不想让古亮家庭破裂的宋初生一边准备去矿上找他做工作一边抱着再看看

211

的希望要通了古亮的手机,但古亮还是推辞的不肯回来。宋初生在情急之下告诉他说:你要是不回来的话,我现在就去矿上找你们领导,并以村委的名义向他们反映你不孝敬老人不管老婆孩子的事儿。古亮一看宋初生生气了要找他们的领导"告状"啦,便立马软了下来。并在第二天赶回家里,把母亲送到了自己姐姐家,把老婆孩子接到了矿上。

宋初生看到这一家和和睦睦的样子,他自己也立马轻松起来,好像这近一个月来的奔忙和担心都在这一家的团圆中化为乌有。

平遥县农委主任刘继林(右)在冀郭村精品果园区调研果树病虫害

平遥县农委农艺师张引生(右二)给冀郭村果农授课

洪善镇党委书记郑仰兴（右）
在冀郭村调研果树种植工作

洪善镇镇长成美玲（右一）在冀郭村调研清洁工程

洪善镇纪检书记裴智浩（左）在冀郭村协调拍电影取景工作

省农业厅支持冀郭村精品果园区施工现场

全村大团结 冀郭梦成真

秋天的果树在土丘上晃动着翠绿的身躯。送走古亮一家的宋初生站在一处坡顶上望着眼前这一大片层层叠叠的美景,心中顿时感慨万分。

三千多亩精品果园区在省农业厅的立项成功,不仅倾注了县委、县政府、县农委和洪善镇党委政府的心血,而且还倾注了冀郭村所有村民的希望。

冀郭村的村民们都记得:

为了确保这片果园区的立项成功,县农委、洪善镇党委政府的有关领导和农技人员经常光顾果园指导工作,向果农们传授一些果木管护技术。

为了确保这片果园区的项目工程质量,使之成为全省标准化的优质精品果园区,县委副书记、县长曹治胜专门到果园进行了督查,并要相关部门支持果园区的工作,为农民增收创造有利条件。

县委书记卫明喜在查看后勉励宋初生要强化科技管理

意识和市场经营理念,让这片果园区成为村民们致富奔小康的一个支撑点。

各级领导对冀郭村发展的支持关注,使宋初生备受鼓舞,并感到自己肩上沉甸甸的那份责任催促着他不能就此停息。

宋初生记得县领导在深入冀郭村召开的一次农村工作调研座谈会上,卫明喜书记和他聊了一会儿村里的发展情况,当时他还向卫书记保证过:用两年时间把冀郭搞成平遥的一村一品精品村。在人文古庙旅游、绿色酥梨园区旅游和生态循环农业旅游三方面搞成全县的新亮点,为平遥的发展添砖加瓦增光增彩。并邀请卫书记多去冀郭村看看。卫书记听后当即笑呵呵地表态说:"我可不能经常去,但我肯定要去! 为啥呢? 就冲你这几句话! "

绿色茂盛的果园散发着全县上下"同心共筑平遥梦·合力再创黄金期"的氛围,高高屹立的冀郭塔记录着每个追梦者的脚印。

宋初生从果园回到家刚坐了一会儿,村妇女舞蹈队队长和老龄委主任一前一后进了他的家门。宋初生给他们倒了两杯水后,便和他们聊起了各自的工作情况。也许一些读者在这里会问:怎么谈的是妇女工作和老人工作呢? 为什么不谈年轻人的工作呢?

提起这个问题来,笔者还真不好回答。因为冀郭村的年轻人和大部分农村的年轻人一样,都属于打工的漂族,能留在家里的不多。他们每年除了逢年过节回家走走看看外,大部分的时间都在异地他乡打工为生。在这种状况下,村里的妇女工作和老年人工作就显得特别重要。作为一个村长来说,除了抓村里的发展外,做好妇女工作和老年人工作是搞好村内稳定、村民和谐团结的关键。

早在 2011 年宋初生上任前,属于城市的广场舞渐渐地向农村伸出了橄榄枝,平遥城周边农村的一些妇女受这种文化氛围的熏陶影响,也开始跳起了广场舞。当了村长的宋初生觉得这种舞不仅是一项有趣味的娱乐活动,而且还是一项可锻炼身体的体育运动。如果把村里的妇女组织起来跳这个舞的话,对活跃农村文化活动是一种促进。就在宋初生想这个事儿的时候,村妇女主任邵彩琴和郝桂香(舞蹈队队长)来找他了,她们俩要宋初生支持她们成立舞蹈队。宋初生一听大喜过望,当即表态要全力支持她们。

宋初生说的支持可不是停留在口头上的一句空话,而是实实在在的物质体现。从舞蹈队的统一服装到队员手中的柔力球拍等四千元的费用,统统都由村委来开支。在此基础上,宋初生和村两委一班人在村里筹办了一个老年活动中心,并由村委出资购置了一万元的文体器材供老年人在活动中心娱乐使用。

有了村委会的支持,村里的老年人在老龄委主任的组织下,每天在属于自己的小天地里下棋打牌、看书聊天,日子过得悠哉悠哉的。而妇女舞蹈队的人呢更是如虎添翼，每天早晚在固定场所像城里人那样舞动着生活的美好。

妇女舞蹈队的跳舞活动跳出了乡村文化的旋律，跳出了村民的和谐生活，也跳出了农家妇女的自信。她们由刚开始的笨拙到熟练一体，由在本村的自娱自乐改为到外村的切磋舞艺，由外村的切磋舞艺逐渐改为几十个村的舞蹈队集中到一个村来亮相竞技。

物质富裕，时代在变，农民的文化生活方式也在变。冀郭村舞蹈队的妇女们随着自己舞艺的日渐提高，便都产生了在自己村里举办一次舞艺比赛的想法。宋初生知道这一消息后，就和村委委员以及妇女主任邵彩琴、舞蹈队队长郝桂香等人商议决定，在2013年的农历七月十七举办首届乡村文化舞蹈节，以增进村与村之间的友谊和谐，推动冀郭村文化的发展。

冀郭村的庙会日子也在农历的七月十七。这天，冀郭村的主街道上摊铺林立，人来人往，随处可见一些逛庙会村民的笑脸和穿着跳舞服装妇女的身影。在慈相寺院新搭建的钢管木板舞台下的一块空地上，来自襄垣、洪善、朱坑等四个乡镇三十五个村庄的六百多名妇女舞蹈队队员整装待发，依序上台展示农家妇女的风采。

赶庙会、看大戏，领上孩子看娘去。在这儿说起来的话，冀郭村的村民们对赶庙会并不陌生，几乎每家每户的人都赶过庙会。但他们都是赶过别村的庙会,能在自己村里赶庙会这还是大年初一吃饺子——第一次的事儿。

竞卖摊铺几百家,五光十色斗繁华。胜名不愧称花会,会把眼睛都看花。

这庙会最初的样式其实就是古代一种隆重的祭祀活动。随着经济的发展和人们交流的需要,庙会在保持祭祀活动的同时,逐渐融入集市交易活动和俗讲、变文、说话等文化活动,在近代又逐渐融入单弦、相声、琴书大鼓、快板书、魔术、杂技等一些曲艺活动。这些活动随着电视电脑等现代传媒电器的迅猛发展,逐渐淡出了庙会的内容序列,使得庙会演变成一种除了唱戏走亲戚以外的集贸商业活动。

不管是文化曲艺活动也好还是集贸商业活动也罢,在平遥的农村来说,庙会象征着一个村庄的兴旺和城乡物产的流通繁荣,如果细说起来的话也算是一种荣耀。特别是对刚有了庙会的冀郭村民,他们觉得既然是村里的第一次庙会,就应该像过节一样把亲戚好友都叫来热闹一番。

街满商家客入院,村民欢舞歌盛世。

有了亲人的热情召唤,冀郭村的一些在外成功人士、务工人员和出嫁到外村的姑娘都纷纷赶回村里,他们有的和亲人欢聚在一起剁着馅儿、包着饺子,有的带着孩子逛逛庙会,看看村里的变化,再瞄上一眼宋初生写的贴在街道两旁的一幅"全村大团结,冀郭梦成真"的对联,然后就拐进慈相寺里看妇女们的舞蹈比赛。

生活好起来,快乐舞起来。

在舞蹈队队长郝桂香的印象中，她们这支舞蹈队的成立,不仅打破了冀郭村往日的宁静,使村里有了一种欢乐的气氛,而且还使不少妇女告别了麻将桌子,脱离了说闲话的阵营。可以讲,这种既益身心健康又可陶冶人情操的广场舞促进了邻里之间和睦共处,是农村的一道风景线。

一些久在异乡工作的人目睹了家乡意想不到的种种变化后,口中不免吐露出一些感慨。从北京回来看看的孙女士告诉笔者:家乡的变化太大了,想不到只能在城市公园里看到的舞蹈文化能融进农民的生活。她这次回来最大的感受就是农村也有了一个在城里公园或者社区看到的景象,从这些景象上可以感觉到村里人比以前富裕了不少。

秋风畅爽的慈相寺内乐声震耳。宋初生在里面看了一会儿后,便回到家里琢谋起自己还要干的工作来。他觉得在农田水利建设方面应该再打三眼深井,以确保三千多亩精品果园区的灌溉用水;在村内安全方面,应该安装几个摄像头,为村民的人身财物安全提供一些力所能及的保障;在老年人活动方面,应该组织六十岁以上的老年人过一次老年节,为村里的年轻人在尊敬老人上做个样榜。

家有老, 是个宝。村里的老年人们虽然这几年在村老龄委的组织下日子过得有滋有味,但不少老人由于儿女们不常在身边,在过平素村里人不大注意的重阳节日上几乎没有感受过这个节日的氛围。宋初生想:如果自己在这一天给村里的老年人们一起过个节日的话,多多少少能帮这些老年人减少一些孤寂。

宋初生打定主意后便把自己的想法告诉了村老龄委主任,并和他在重阳节(现在也叫老人节、敬老节)这天把全村的七十位六十岁以上的老年人都请到自家的院子里,让他们坐在几张大圆桌旁,在大家庭的欢聚氛围中过了一个平生没有过过的开心节日。

九月九日望遥空,冀郭村里夕阳红。笑声挥去雁孤意,杯酒温馨菊花丛。

宋初生的敬老之意使得这些老人们非常感动,一位七十多岁的老太太激动地说:"咱们的村长比俺儿也强!俺儿也没啦给我过过一个老人节。"

在老太太说这话的时候,村里八十多岁的有六十年党龄的老书记按捺不住内心的激动,他当即站起来吟诗两首:

重阳节日不平常,
老人感谢共产党。
村长召集来聚会,
掏出真诚献关爱。

今年重阳节，

高龄满心欢。

群体得好梦，

感谢好村长。

　　看到老人们推杯换盏畅情抒怀的高兴样子，宋初生的内心也激动起来。但激动之余他还不敢懈怠。他想：村里优质精品果园区的上马，只是万里长征走完了第一步。今后还应该把自己的生态循环农业养猪场的规模再扩大一些，在档次上也要按照有关部门要求的标准进行升级。这样的话，冀郭村不仅能在人文古庙旅游、绿色酥梨园区旅游和生态循环农业旅游三位一体方面有所作为，而且还能使不少的村民在村里有了工作。真要是这样的话，村里的一些年轻人就不用外出打工了。有他们留在村里，这些老人的心情会比今天更加开朗，日子也会比现在过得更加美好！

　　就在宋初生畅想他的冀郭梦时，有几位老人情不自禁地唱起了"社会主义好"的歌儿，随着他们的歌声，村里的一群鸽子腾空而起，飞翔蓝天。

创建冀郭村妇女舞蹈队

给全村 60 岁以上老人过重阳节

后　记

　　我和宋初生的相识缘于 2013 年春节前后的两次采访,在采访中我了解到他打工 16 年的传奇经历。可以讲,他当村委主任后处理村事的一些方法、对村民的热情服务,对建设一个美好冀郭村的孜孜追求,对一村一品和生态循环农业的执着以及乐于助人的品行,无不令我感到新奇。当然这也就成了我选择写他的一种动力。

　　为了全方位地了解宋初生的所作所为,我利用周日空余时间先后到冀郭村采访过六七次,涉及对象有在村委干了几十年的党员干部,也有一些年龄层次不一的村民。从这些人的口中我了解宋初生在村里的所作所为,也下了写好他的决心,并利用半年多的晚上休息时间完成了这部书稿。

　　大树扎根于沃土,高楼立足于基石。作为一个处在基层的村干部来说，要当好一个想干事肯干事干好事的村干部并不容易，特别是要当好一个亲民为民的村委主任，更不容易。从这一点来说，宋初生的所作所为正是我们党践行走群众路线教育活动在基层的具体体现，也是不少优秀农村干部的一个缩影。在此，我希望此书在向人们传递一点正能量的同时，能和奋战在农村一线的广大党员干部达到一种共勉。

在本书创作和初稿完成之后，得到了平遥县委、政府主要领导的鼓励，得到了县委宣传部领导的鼓励，得到了洪善镇党委政府领导的鼓励，特别是得到了县文联、县广播电视台领导的鼓励。赵永平主席和李道中台长在百忙之中为本书作序。翰正文化传媒的录排人员付出了艰辛的劳动，三晋出版社社长张继红和编辑人员全力支持本书的出版。在此，我真诚地感谢为本书面世出版付出劳动的所有人员。

感谢本书主人公宋初生和他带领的冀郭人民！

由于本人水平有限，书中可能会有一些不妥之处。在此，敬请读者批评指正！

王进明
2014 年 4 月

图书在版编目 (CIP) 数据

村人村事 / 王进明著 . — 太原：三晋出版社，
2014.7（2019.12 重印）

ISBN 978-7-5457-0987-2

Ⅰ . ①村… Ⅱ . ①王… Ⅲ . ①报告文学—中国—当代

Ⅳ . ① I25

中国版本图书馆 CIP 数据核字（2014）第 149613 号

村人村事

著　　者：王进明

责任编辑：吕文玲

出　版　者：山西出版传媒集团·三晋出版社（原山西古籍出版社）

地　　址：太原市建设南路 21 号

邮　　编：030012

电　　话：0351-4922268（发行中心）

　　　　　0351-4956036（总编室）

　　　　　0351-4922203（印制部）

网　　址：http://www.sjcbs.cn

经　销　者：新华书店

承　印　者：山西三联印刷厂

开　　本：890mm × 1240mm　1/32

印　　张：7.5

字　　数：200 千字

版　　次：2014 年 7 月　第 1 版

印　　次：2019 年 12 月　第 6 次印刷

书　　号：ISBN 978-7-5457-0987-2

定　　价：38.00 元